あんみつ検事の捜査ファイル

女検事の涙は乾く

和久峻三

集英社文庫

目次

プロローグ 7
第一章 検察官への脅迫状 12
第二章 女裁判官の失踪 102
第三章 悲劇の遺産 189
第四章 復讐の哀歌《エレジー》 276
解説――魅力あふれるキャラクター 小梛治宣 335

あんみつ検事の捜査ファイル

女検事の涙は乾く

プロローグ

風巻《かざまき》やよいが法廷をあとにして、京都地方検察庁宇治《うじ》支部の執務室へ戻ると、思いがけない出来事が待っていた。

「坂上《さかがみ》くん。それ、何やのん？」

風巻やよいは、検察事務官の坂上正昭《まさあき》のデスクの上に置いてある瓶詰《びんづめ》の奇妙な物体を目にして、眉《まゆ》をひそめた。

それればかりか、その奇妙な瓶詰をじっと見つめている坂上正昭の顔色までが、青ざめているではないか。

「どうしたん？　気分でも悪いのん？」

と言って、彼女が坂上のそばへ寄り、瓶の中の妙な物体に視線を止めたとき、ぞくっと肌が粟《あわ》だつような悪寒に襲われた。

「な、なんで……こんなものを……」

彼女は慄然《りつぜん》とした。

見ているだけでも吐き気を覚え、思わず彼女は顔をそむけた。

「支部長。つい先程、郵便小包で届いたばかりなんです。ご覧のように、宛名《あてな》は『風巻検事殿』となっていますよね」

そう言いながら、坂上正昭は、郵便小包の包装紙の宛名書きを風巻やよいに見せてくれる。

彼女は、うなずいて、

「消印は、大阪中央郵便局になってるわ」

と包装紙を手前に引き寄せ、郵便切手の消印を確かめながら言った。

「支部長。大阪中央郵便局だったら、郵便小包の取り扱い量が、近畿《きんき》では一番多いわけですから、係員も、いちいち顔を覚えていられないでしょう」

「もちろん、犯人としても、それを計算に入れたうえで、この胸くその悪くなるような忌まわしいプレゼントを私あてに送りつけてきたんよ」

「それにですよ、送り主の名義は、『有限会社大阪スクロール』なんて書いてありますけど、こういう会社は存在しないんです。電話帳にも載っていません」

「電話帳に載せない会社もあるんやから、法務局へ出かけて法人登記簿を調べてみないと、正確なことはわからへんわよ」

「ですから、私の法務局時代の同僚に頼んで調べてもらったんですよ。法人登記簿を……そしたら、やっぱり、『有限会社大阪スクロール』なんていう会社は存在しないことがわかりました」

「そうそう、坂上くんは法務局から転勤してきたんやね。それにしても『大阪スクロール』なんて、ふざけてるやないの」

「そうですとも。スクロールというのは、コンピュータ用語ですから……しかし、薄気味が悪いですね。イヤリングがついたままの人の耳を送りつけてくるなんて……しかもホルマリン漬けにしたのを……左の耳ですよ、これは……」

「いったい、どういうつもりなんやろう？」

「やっぱり、女性の耳ですかね？」

「さあね。女性の耳と思わせるために、わざわざイヤリングをつけたのかもしれへんわ。いずれにしても、法医学鑑定の必要があるわ」

「もちろんですよ。生きてるうちに切り取った耳なのか、それとも死後に切り落としたのか、それも鑑定すれば、わかるかもしれません」

「わかるわよ。それに血液型も、DNA特性もね」

「とりあえず石橋《いしばし》警部補に電話をしましょう。念のために包装紙なんかに指紋が残っていないか、それも鑑識課でチェックしてもらいます」

「そうしてちょうだい。それから、イヤリングの出所も調べる必要があるわね」

「わかりました。とにかく石橋警部補にここへきてもらいますよ」

そう言って、坂上正昭は、城南《じようなん》警察署に電話を入れたが、石橋警部補は不在だという返事だったので、戻り次第、至急、連絡をくれるように依頼して受話器を置いた。

「ところで支部長。このイヤリングですけど……本物のゴールドですかね？　金色だってことはわかるんですが……」

「さあね。そんなことより、イヤリングのデザインやけど、あんたにわかる？　何をデザインしたものか……」

「これって天秤《てんびん》でしょう？」

「ええ。天秤には違いないけど、これには特別の意味があるのよ」

「知ってます。正義のシンボルでしょう？」

「欧米ではね、『スケール・オブ・ジャスティス』なんて呼ばれているんよ。つまり正義の天秤というわけやね。欧米の裁判所では、建物の屋根とか内部の廊下なんかに、この『正義の天秤』を片手に持ち、もう片方の手には剣《つるぎ》をたずさえている女神の彫刻を、よく見かけるわ」

「それだったら、アメリカ映画なんかで見たことがありますよ。しかし『正義の天秤』はわかるんですが、剣のほうは何のためでしょう？」

「正義の裁きを下すためよ」

「えっ。それじゃ有罪の判決を受けたら、罪人の首を、その剣でバッサリ？」

と言って、坂上正昭は目を剝《む》いた。

風巻やよいは笑って、

「言うなれば、正義の鉄槌《てっつい》を下す。その意味をこめて剣を手にしているんやと思うわ。もっとも、このイヤリングは、単に天秤をデザインしているだけで、剣はないけど……」

そんな話をしているうちに、石橋警部補から連絡が入った。

第一章　検察官への脅迫状

1

「正義の天秤」をデザインしたイヤリングがぶら下がったままの人の耳が送られてきた日の二週間前のことである。

風巻やよいは、本庁である京都地方検察庁をたずね、先程から公判部長の佐竹《さたけ》安信《やすのぶ》と公判の立ち会いをめぐる意見の食い違いを調整すべく、懸命に説得をつづけていた。

しかし、佐竹公判部長は、なかなか強硬で、容易なことでは首を縦に振らない。

「風巻くん。それは、ちょっとおかしいんじゃないかね？　きみの昔の恋人が、今回の殺人事件の被害者だからといって、いまさら、きみが公判の立ち会いを辞退させてくれなんて、いかにも考え過ぎだよ」

佐竹公判部長は、京都地検宇治支部長をつとめる風巻やよいの上司にあたるが、頑固さにかけても人後に落ちない強者《つわもの》であった。

一方、いったん言い出せば、簡単には引きさがらない風巻やよいのことである。上司に反対されたからといって、矛先が鈍る彼女ではない。

彼女は、一歩踏みこむ思い入れで、佐竹公判部長に、こう言った。

「考え過ぎだと部長は言われますが、それは違うと思います。やはり、かつては親しい間柄であった男性が殺害された事件なんですから、犯人と目されている被告人に対して、私自身がフェアな気持ちで公判に臨むのは、実際には難しいんじゃないかと思うんです」

「いや、それはきみの思い過ごしだろう。何よりもだよ、検察官は裁判官ではないんだからね。たとえ、きみの知人が被害者とされている事件の検察官として、きみが公判に臨んだところで、決してアンフェアとは言えない。そうだろう？」

「部長。お願いですから、私をこの事件の担当からはずしてほしいんです。何といっても、かつての恋人が殺害された事件の立ち会い検察官の職務を私がつとめるのは、私の気持ちが許しません。それにですよ、昔の恋人とはいいながら、別れてから三年そこそこしか経過していないんですから……」

「風巻くん。そんなにむきにならないでくれ。きみも知っての通り、検察庁は、目下、人手不足で困っているところなんだよ。いいかね？　きみのかつての恋人が殺されたからといって、その事件を担当する検察官を本庁の公判部から一人引き抜いて、公判のたびに宇治支部へ出張させるわけにはいかないんだ。わかったね？　さあ、それじゃ仕事に戻りたまえ。私は忙しいんだ。間もなく来客があることだし……」

と言って、佐竹公判部長は、気忙《きぜわ》しげに腕時計に視線を落とす。

「わかりました、部長。では失礼します」

風巻やよいは、仕方なく公判部長室をあとにした。

京都地方検察庁の玄関先の石段を降り、少し歩くと広々とした駐車場があった。そこには検察事務官の坂上正昭が公用車を停《と》め、風巻やよいを待ってくれていた。

「お待ちどおさん。それじゃ宇治支部へ帰ってちょうだい」

と言って、彼女は車のドアを開き、後部座席のシートに腰を下ろした。

気のおけない間柄だと、彼女も、つい京都弁が口をついて出る。

「わかりました」

と坂上正昭は歯切れよく答え、エンジンを入れて、

「どうでした？　支部長。佐竹公判部長はＯＫしてくれましたか？」

「あかんのよ。この人手不足のおりに、京都の本庁から宇治支部へ公判のたびに検事を出張させるわけにはいかんのやて……仕方ないわね」

「そうでしたか。残念ですね。ぼくも、せいぜい頑張ってお手伝いしますから、ご心配なく……」

「ありがとう。そやけど気を遣わんでちょうだいよ」

「いいえ。ぼくには支部長の代役はつとまりませんから、お手伝いすると言っても、たかが知れてますよ。すいません。不甲斐《ふがい》なくて……」

と言いながら、坂上正昭は自嘲《じちょう》的な笑いをもらす。

そんな坂上の顔を、彼女はバックミラーのなかに覗《のぞ》きこみながら、

「坂上くん。その気持ちだけで充分やわ」

と心からの感謝の微笑を返した。

坂上正昭は、最近、大阪の法務局から転勤してきたばかりで、もともと検察事務官の経験はないが、臨時の間に合わせとして京都地方検察庁宇治支部へ送りこまれてきた二十五歳の青年だった。

臨時の間に合わせというのは、これまで風巻やよい専属の検察事務官だった谷《たに》口明《ぐちあきら》が、東京の法務総合研修所で上級検察事務官としての研修を受けるために、かなりの長期間、東京に滞在することになり、その穴埋めに、坂上正昭が宇治支部へ派遣されてきたのである。

坂上正昭は、最近まで大阪の法務局で登記事務を担当していたのであるが、本来の希望は、犯罪捜査や公判に関与することができる検察事務官に抜擢《ばってき》されることだった。

そのチャンスが、やっと坂上正昭にめぐってきたというわけで、このところ彼は、大いに張り切っていた。

2

こうして問題の事件の第一回公判が開かれた。

裁判長の久米川史郎《くめがわしろう》は、被告人席に座っている栗山昌雄《くりやままさお》を見下ろしながら言った。

「被告人は起立して、法壇の下まできなさい」

「はい」

と返事して、被告人の栗山昌雄は立ちあがり、法壇のそばへ歩み寄る。

栗山昌雄は、当年三十二歳。背が高く、肩幅も広い。ちょっと見たところ、スポーツマンタイプの好青年に思えるが、子細に観察すると、目つきが鋭く、容貌《ようぼう》にしても、どことなしに暗く、ひと口に言えば、ハードで陰険な感じの男であった。

久米川裁判長は、法壇の下に立ち、じっと自分を見あげている栗山昌雄に向かって、

「それでは、これから人定《じんてい》質問を行いますので、私がたずねることに簡潔に答えてください」

と言って、久米川裁判長は、すでに検察側から提出されている起訴状を手にとり、被告人の氏名、本籍、生年月日、職業、住居などを順次たずね、起訴状の記載に間違いのないことを確認した。

これが人定質問である。

被告人の栗山昌雄は、質問に対して、ひとつひとつ丁寧に答えていく。

「職業は？」

とたずねられたとき、栗山昌雄は、

「逮捕される前までは、調査の仕事をしていました」

と答えた。

久米川裁判長は、ちょっと眉をひそめながら、

「調査の仕事というと？」

「私立探偵のようなものです。私の場合、弁護士事務所なんかの依頼で調査活動をして、その都度、報酬をもらっていました」

被告人の栗山昌雄は、そう答えた。

実際、栗山昌雄は、大阪の弁護士である寺島周二《てらしましゅうじ》の依頼で調査活動をしていたのだが、まとまった報酬が転がりこむと、右から左に馬券を買いあさり、結局、文無しになって食事代にも困る有り様だったという。

そういう栗山昌雄の窮状を見るに見かねて、弁護士の寺島周二が当座の生活費を与えるといった調子で、二人の関係が何となくつづいていたらしい。

言うなれば、腐れ縁のような関係だったのかもしれないが、他人が困っているのを見ると、黙ってやり過ごせない性質《たち》の寺島周二のことである。栗山昌雄から金の無心をされると、やはり何がしかのまとまった現金を彼にくれてやることも、

しばしばだったという。

今回の事件は、そのような二人の関係が妙な具合いにこじれ、ふとしたはずみに殺人事件にエスカレートしたもののようだ。

実を言うと、風巻やよいのかつての恋人というのは、その栗山昌雄に殺害された弁護士の寺島周二のことだった。

いずれにしろ寺島周二と被告人の栗山昌雄との間に腐れ縁ともいうべき関係ができたのは、風巻やよいが寺島周二と別れたあとのことであり、彼女自身、今回の事件の背景については、生前の寺島周二から、何ひとつ聞いてはいなかったのである。

そんなわけで、彼女としても、寺島周二殺害事件の背景や動機、犯行状況などについては、全面的に警察の捜査に依存するよりほかなかった。

「それでは検察官。起訴状の朗読を……」

と久米川裁判長に言われ、風巻やよいは、ハッとして、われに返ると、急いで起訴状を手にとり、立ちあがった。

この場合、起訴状の朗読と言っても、その全部を読みあげるのではなく、犯罪事実の要旨とも言える「公訴事実」の部分と、「罪名および罰条」の部分に限定される。

それが慣例なのである。

この場合、罪名は「殺人」。罰条は、刑法第一九九条である。

風巻やよいが起訴状の朗読を終えて着席すると、被告人久米川裁判長は、再び被告人の栗山昌雄を法壇の下へ呼び寄せて、

「被告人に言っておきます。あなたには黙秘権があり、自分の意思に反して供述を強制されることはありません。ただし、あなた自身が任意に供述した事柄は、あなたの有利にも、また不利にも証拠とされることがありますので、心得ておくように……わかりましたか？」

「はい。よくわかりました」

栗山昌雄は答えた。

「被告人。では、ただいま検察官が朗読した起訴状の内容について、きみ自身の意見を述べなさい」

これが、いわゆる「罪状認否」の手続きである。

要するに、起訴事実を認めるのか、それとも否認するのか、その点を被告人自身の口から聞いておかなければならない。

それを聞いたうえで、今後の手続きを進めることになる。

もし被告人が起訴事実を認めるのなら、それなりの証拠の提出や証人の選択をするわけだし、もし起訴事実を全面的に否認したならば、提出される証拠も多くなるし、召喚される証人の頭数も増えることになるだろう。

その前提として、被告人に対し、罪状の認否を求めるわけである。

被告人の栗山昌雄は、ちょっとうつむき加減になり、しばらく考えこんでいたが、やがて顔をあげると、決然として、こう言った。

「裁判長に申しあげます。私は、寺島先生を殺してはいません。起訴状に書いてあることは、全部、嘘《うそ》です」

栗山昌雄は、一気に吐き出すような調子で、声を震わせながら言ってのけた。

（やっぱりやわね）

こうなるのではないかと、風巻やよいは懸念しないわけではなかったのだが、やはり否認事件になってしまった。

否認事件ともなれば、手続きも煩雑《はんざつ》になるし、結審するまで日数がかかる。そんなことから、検察官にとって痛手となるのは間違いなかった。

その半面、弁護人にしてみれば、さまざまの理由で有利になる。

第一に、私選弁護人であれば、公判の回数が多くなるほど、そのぶんだけ手数料なり弁護料が高くなる。それも当事者間の契約内容いかんによるわけだが、たとえ金銭的に得をしなくても、公判が長引けば長引くほど、証人など事件関係者の記憶も曖昧《あいまい》になり、事件直後はよく覚えていたことでも、数年が経過すれば記憶が薄れ、証言内容が漠然としてしまい、本来なら有罪になるべき事件なのに、検察側の立証が充分にできなくなるため、「証明不十分」という理由で無罪になってしまう可能性がある。

要するに、弁護側に有利なことは、検察側にとっては不利になるわけだ。

言うまでもなく、「迅速な裁判」は、憲法や法律の要求するところであるし、本来なら被告人にとっても、「早く裁判を終わらせてほしい」という気持ちが強いのは確かである。

にもかかわらず、現実の裁判実務では、「迅速な裁判」の大前提が、ともすれば、なおざりにされ、絵に描いたモチになりがちである。

次いで久米川裁判長は、弁護人席を振り向いて、

「それでは、弁護人の意見を聞きましょう」

と私選弁護人である青山《あおやま》まどかの発言をうながした。

「青山まどか」と聞けば、いかにも可愛くて、まろやかな人柄を想像しがちだが、現実の青山まどかは、まったく、それとは正反対のジャジャ馬である。

とりわけ風巻やよいとは、何かにつけて、そりが合わないというか、相性が悪い。

年齢が似通っていることもあるだろうが、一番の原因は、性格の違いであろう。もちろん、検察官と弁護人という根本的な立場の相違が、対立の根底にあるのは疑うべくもなかった。これまでの例から言っても、その対立関係は、ともすれば感情的なものになりがちだった。

実際のところ、この日の法廷でも、青山まどかは、激しい調子で検察側を非難した。

「裁判長。本件起訴は、ひとことで言うと、まったく不当というよりほかありません。例えば、検察側の主張によれば、被害者の寺島周二を殺害した凶器は、被害者宅のダイニングキッチンにあった調理用ナイフだというのですが、その凶器は発見されておりません。にもかかわらず、被害者の死因は、その調理用ナイフによる刺殺だと検察側は主張しているわけですから、これこそ、まさに茶番というよりほかありません。そもそも、こういう事件を起訴した検察官は、果たして正気なのか。まともな神経では、とてもじゃないが、起訴できる事件ではありません。多分、担当検察官は、どこかおかしいんじゃないかと疑いたくなります」

青山まどかのきんきん響く甲高《かんだか》い声が、風巻やよいの鼓膜をピリッピリッと震わせる。

「担当検察官」と青山まどかは言いながら、じろりと白い目で検察官席の風巻やよいを睨《にら》みつけたりするのだ。

その眼差《まなざ》しには、まるで恨みでもあるかのような憎悪感がこめられていた。

風巻やよいにしてみれば、青山まどかの恨みを買うようなことは、何ひとつした覚えがないのである。

(この人……やっぱり、どうかしてる!)

風巻やよいは、胸のなかで小さく叫びながら、青山まどかを睨み返した。

しかし青山まどかは、口角《こうかく》泡を飛ばす勢いで、なおも執拗《しつよう》に検察側の揚げ足とりに熱中しはじめた。

「検察側の主張によれば、事件当日の三月八日、午後十一時ごろ、被害者宅から徒歩三十分の距離にある私鉄の城南《じようなん》駅で、被告人の栗山昌雄がパトロール中の警官に職務質問されたのがきっかけで本署へ連行され、上着とシャツの袖口《そでぐち》に血《けつ》痕《こん》が付着していたことなどから、殺人事件の容疑者として現行犯逮捕されたとなっています。しかしながら、これは事実に反します。確かに、上着やシャツの袖口に血痕がついていたのは事実でしょうが、逮捕された時点では、血液型はわかっていなかったんです。よろしいですか？　裁判長。問題の血痕の血液型が、被害者の血液型と同じB型であると判明したのは、被告人が逮捕されてから以後のことです。ほかにも違法捜査の点をあげつらえばきりがありませんが、時間の制約もあり、それらの諸点については、後日における審理の過程で明らかにしていくつもりです。なお、本日付けで提出する弁論要旨をお読みいただければ、弁護人の主張の要点をおわかりいただけると考えますので、いまのところは、この程度にとどめておきます」

そう言って、青山まどかは、意地の悪い眼差しを風巻やよいに投げかけてから着席した。

久米川裁判長は、検察官席の風巻やよいを見やって、

「検察官としては、ただいまの弁護人の主張に対し、ここで反論しておくことがありますか？　それとも、後日にしますか？」

風巻やよいは、すくっと立ちあがると、

「後日、立証段階において明らかにします。いま、ここで反論したところで、公判を長引かせるだけであり、訴訟促進には寄与しませんので……」

実際、その通りであり、青山まどかも、そのことを充分に知っていながら、点数稼ぎの意味もあって、先程のように大見得《おおみえ》を切ってみせ、「私は、これだけのことをやっていますよ」と被告人の栗山昌雄にディスプレーしておきたいのだろう。

何はともあれ、青山まどかの戦術は、どうやら功を奏したようだ。

それというのは、青山まどかが滔々《とうとう》とまくしたてている間、被告人の栗山昌雄は、感動の眼差しを彼女にそそぎながら、耳を傾けていたからである。

このあと、証拠の提出や証人の申請など、今後の審理に必要な手続きが行われ、次回公判期日が指定されて閉廷した。

3

風巻やよいが宇治支部の執務室へ戻ると、検察事務官の坂上正昭が、深刻な顔をして考えこんでいる姿が目に入った。

「坂上くん。どうかしたん?」

と言って、彼女は坂上のデスクのそばへ歩み寄った。

「これを見てくださいよ、支部長。またもや例の匿名の投書です」

そう言いながら、坂上は、白い手袋をはめた手で一通の手紙を取りあげ、彼女の目の前に置いた。

「また?……」

彼女は、ドキリとした。

「これで三回目ですよ。あ、手袋を……多分、指紋は残していないと思いますが、念のために、これを……」

と言って、坂上は、机の引き出しから別の白い手袋を取り出し、彼女に差し出した。

彼女は手早く手袋をはめ、問題の手紙を手にとった。

手紙の文面に視線を走らせている彼女のそばから、坂上が呟《つぶや》くように言った。

「手紙の内容は、ほとんど、これまでのと変わりありませんでしょう? 支部長」

「そのようやわね。それにしてもよ、投書の主は、過去に私が弁護士の寺島周二さんと親しい間柄にあったのを知ってるのは確かやわね」

「もちろん、それに決まっています」

「いったい何者なんやろう？」

「支部長には、ほんとに心当たりがないんですか？」

「全然……心当たりがあれば、とっくに正体を突きとめてるもん」

「そうですよね。石橋警部補だって、熱心に捜査をしてくれたのに、結局のところ、犯人はわからずじまいなんですから……」

「とにかく、今回の投書にしてみても、筆跡が残らないように、ありふれたワープロを使ってるし、文章だって極端に短くしたり……要するに、私が過去に寺島周二さんと親しい間柄だったのに、その寺島さんが殺された事件の検察官をつとめるのは、アンフェアやて……ただ、それだけのことを簡潔に書いてるだけなんやから、気にすることもないと思うんやけど……」

「たったの数行ですからね、支部長。文章の特徴などから犯人を割り出すことも困難です。石橋警部補も、そう言ってました」

「犯人は、よっぽど用心深い人物なんやろうね」

と風巻やよいは、いまいましげに、その投書を坂上正昭のデスクの上に戻して、

「ひとまず、石橋警部補に連絡しておいてよ」

「わかりました。この匿名の手紙も、石橋警部補に渡しておきますか？」

「そうしてよ。あまり参考にはならへんと思うんやけど……」

「それから指紋が残っていないかチェックしてくれるように……それも頼んでおきます」

「そうやね。指紋を残すような愚かな犯人やないやろうけど……」

「支部長。それはそうと、本庁の佐竹公判部長に、これまでの匿名の投書のことを話されたんですか？」

「まさか。そんなこと言えへんわ」

「どうしてですか？」

「どうしても、こうしてもあらへん。私が笑われるのに決まってるもん。検事は憎まれ役なんやから、匿名の投書なんかにいちいち神経をとがらせていたら、きりがないって……」

「そんなもんですかね」

「それは確かなことやわ。ただ、今回のように短い期間に三回も、同じような内容の匿名の投書を送りつけてくるやなんて、私としては初めてなんよ」

「だったら、佐竹公判部長のようなベテラン中のベテランともなれば、こんなことは日常茶飯事だってことですか？」

「何というか、検事なんて、歌舞伎《かぶき》芝居で言えば、憎まれ役の赤面《あかづら》みたいなもんやから、それなりの腹がまえが必要なんやろうけど、やっぱりね。私自身、やっと駆け出しの検事を卒業したばかりなんやし、だいいち……」

女だもんねと、喉《のど》もとまで出かかった言葉を彼女は呑《の》み下した。

もし、これが女性同士だったら、一向にかまわないだろうが、何しろ相手は、彼女の部下とは言いながらも、男性なのである。

それを思えば、「女だもんね」などと、うっかり口には出せない。

圧倒的に男性が多い検察庁のなかで、「女だもんね」などと言うのは、禁句であった。

ちょうどそこへ石橋警部補が、ふらりと入ってきた。

次回公判では、石橋警部補の証人尋問が予定されており、その準備をするためにやってきたのだ。

彼女は、ひとまず今回の匿名の投書のことを彼に話し、現物を証拠として彼に託したあと、次回公判の準備にとりかかった。

4

次回公判期日には、予定通り、今回の事件の捜査を指揮した石橋大輔《だいすけ》警部補の証人尋問が行われた。

公判における審理の核心ともいうべき証拠調べが、いよいよ、これから始まるわけだ。

石橋警部補は、検察官の風巻やよいとは、日ごろから何かと接触があり、職務上、もちつもたれつの関係だった。

その石橋警部補に対し、久米川裁判長は、型通りの人定質問を行った後、宣誓をうながした。

「石橋さん。それでは宣誓していただきましょう」

そう言って、久米川裁判長は率先して席を立った。

それにならって、左右の両陪席裁判官が起立した。

もう、このときには、法廷に居合わせた全員が席を立ち、厳粛な面持ちで、石橋警部補が宣誓書を読みあげるのを聞いている。

「良心に従って、ほんとうのことを申し上げます。知っていることをかくしたり、ないことを申し上げたりなど決していたしません。右の通り誓います」

落ち着きはらった態度で宣誓書を朗読した石橋警部補は、そばへ寄ってきた廷《てい》吏《り》の手からボールペンを受けとり、宣誓書の末尾に署名し、捺印《なついん》した。

それを見とどけてから、久米川裁判長は石橋警部補に向かって、こう言った。

「石橋さん。それでは、いま宣誓したように真実を述べてください。ご存じとは思いますが、記憶に反した事柄を証言しますと、偽証罪として処罰されるおそれがありますので、注意してください」

「よくわかっています」

石橋警部補は、きっぱりとした口調で答えた。

「では、石橋さん。そこの椅子《いす》に座って証言してください」

と久米川裁判長は言っておいて、検察官席の風巻やよいを振り向くと、

「検察官。主尋問《しゅじんもん》をどうぞ」

「はい」

と風巻やよいは答え、尋問事項を書きとめたメモを手にして立ちあがると、堅い姿勢で証人席に座っている石橋警部補の緊張した横顔を見つめながら、こう言

った。

「石橋さん。最初に確認しておきますが、あなたは、本件捜査にどの程度、関与しましたか？」

「はい。第一線指揮者として、捜査に関与しました」

石橋警部補は、いつもの通り、語尾をはっきりと発音する言いまわしで証言した。

こういう態度は、証言に対する信頼性を確保するうえにも必要である。

風巻やよいは言った。

「石橋さん。それでは、本件捜査の端緒《たんちょ》から話していただけますか？」

「はい……」

と石橋警部補は、言葉を選ぶかのように空間を見つめながら、

「事件の端緒は、こういうことでした。三月八日、午後十一時ごろ、私鉄の城南駅付近でパトロール中の警官が、挙動不審の男を発見し、職務質問を行いました。その結果……」

「ちょっと待ってくださいよ。パトロール中の警官と言いましたが、パトカーですか？　それとも、所轄署員の巡回ですか？」

「特別警戒で巡回中の警官二人です。パトカーではありません」

「特別警戒というと？」

「そのころ、付近一帯で、ひったくりが出没しておりましたので、特別警戒を行っていたわけです」

「すると、制服を着て警棒を持ち、懐中電灯を携帯した巡査二人というわけですね？」

「そうです。そのうちの一人は巡査長で、あとの一人は巡査です」

「では、そのときの職務質問の経過を話してください」

「はい。二人のパトロール警官の報告によりますと、こういう事情でした。現場付近をパトロール中に、民家の軒下に蹲《うずくま》っている男を発見したんです。いいえ、当初のうちは、男女の別が必ずしも明らかではなかったようですが、まさか、そんな時間に暗がりのなかに蹲っている女性がいるとは考えず、十中八、九まで男だろうと思ったとかで……結局、男だったわけですが……」

「それで？」

「距離が四、五メートルくらいまで近づいたとき、やっと、その男は二人の警官に気づき、さっと勢いよく立ちあがったかとみると、足早に立ち去って行こうとするので、とっさに巡査長が声をかけました。『ちょっと、そこの方、待ってください』と……」

「それから、どうなりましたか？」

「呼び止められたとたんに、その男は脱兎《だっと》のごとく駆け出したんです。これはおかしいと思って、二人の警官は追跡しました」

「追跡したときの状況は？」

「巡査長も、それに巡査も、『待ちなさい。たずねたいことがあります』などと叫びながら、追跡しました」

「付近に人影はなかったんですか？」

「ありませんでした。付近一帯は、畑とか休耕地などで、迷惑駐車の車が二、三台、停まっているだけです。一軒だけ、ぽつんと古い民家が残っていますが、すでに廃屋になっており、誰も住んでいません。問題の男が蹲っていたのは、その廃屋同然の民家の軒下でした」

「廃屋というと？」

「もともと農具小屋でしたが、所有者が三年前に改装し、学生に低家賃で貸していたそうです。しかし、その学生が転居したあと、放置されたままになっています。もともと農具小屋ですから、人が住まなくなったとたんに、荒れ放題の廃屋になってしまったようです」

「わかりました」

と風巻やよいは、例のメモに視線を落としながら、

「逃げた男のことですが、どれくらい追跡したんですか？」

「一・五キロメートルくらい追跡し、捕らえています」

「捕らえた場所は？」

「畑のなかでした」

「その男が、畑のなかへ逃げたんですね？」

「いいえ。付近の地形に詳しい巡査長が、近道を走り抜け、逃げる男の前方へまわりこんで退路を断ち、もう一人の巡査と挟み撃ちにしたところ、男は逃げ場を失い、畑のなかへ駆けこんだわけです。しかし途中で足を滑らせ、転倒したところを巡査長と巡査が追い詰め、逮捕しています」

「現行犯逮捕ですね？」

「そうです」

「どういう理由で現行犯逮捕したんですか？」

「刑事訴訟法二一二条二項の準現行犯に該当すると判断し、逮捕しています」

「具体的に言うと？」

「まず、その男は、『誰何《すいか》されて逃走』していたわけですから、同法同項四号に該当します」

「なるほど。同法同項四号によると、『誰何されて逃走しようとするとき』には、これを現行犯人とみなすと規定されていますよね。それに該当すると判断したんですか？」

「その通りですが、そのほか、同法同項一号には、『犯人として追呼《ついこ》されているとき』も現行犯人とみなすと定められています。これにも該当するわけです」

「『現行犯人とみなす』とは、いわゆる準現行犯のことですよね？」

「そうです。つまり現行犯そのものだと解釈されています」

「ほかにも、準現行犯に該当する状況がありましたか？」

「ありました。その男の上着とシャツの袖口に血痕が付着しているのが発見されたんです。そうなりますと、同法同項三号により、『身体又は被服に犯罪の顕著な証跡があるとき』に該当するわけですから、この点でも、いわゆる準現行犯、つまり現行犯人に該当します」

「血痕と言いますが、人の血ですか？」

「人血です。実際、その翌日、鑑識課が検査したところ、B型の人血であることが判明しました。もう、その時点では、本件被害者の寺島周二が自宅で殺害されていることがわかっておりまして、寺島周二の血液型もB型です」

風巻やよいは言った。

「石橋さん。本件被害者の寺島周二が、自宅で殺されていると判明したのは、どういう経緯によるものですか？」

「経緯は、こういうことでした。被告人が現行犯逮捕された夜、たまたま私が当直でしたので、二人の警官に引致《いんち》されてきた被告人から事情聴取し、調書を作成しました。その結果、寺島周二が本件の被害者であることが判明しましたので、ただちに犯行現場へ駆けつけたんです」

「犯行現場とは？」

「寺島周二宅です。そこが犯行現場だったんです」

「寺島周二宅は、マンションですね？」

「はい。城南駅から徒歩三十分くらいの距離にある団地のなかのマンションです」

「公営のマンションですか？」

「いいえ。私営のマンションでして、一一〇号室が被害者の寺島周二の部屋でした」

「確認しますが、その部屋が犯行現場だとわかったのは、被告人栗山昌雄の供述によるものですね？」

「そうです。栗山昌雄を事情聴取したさい、私は、まず上着とシャツの袖口に付着している血痕について弁解を求めました。その結果、寺島周二が殺害されている現場に自分が居合わせた事実を認めたんです。血痕は、そのときに付着したんだろうというわけです」

「すると、被告人の栗山昌雄が、犯行を自白したわけではなかったんですね？」

「そうです。その時点では、自分が殺したとは、栗山昌雄は認めていませんでした。ただ、寺島周二が一一〇号室で死んでいる現場に、自分が居合わせたのは事実だと言ったんです」

「それじゃ、そのマンションの一一〇号室へ入ったことは認めたわけですね？」

「そうです。『自分は、ただ寺島先生にお金を借りに行っただけであり、殺してはいません』と栗山昌雄は、当初のうちは言い張っておりました。『それだったら、どういうわけで上着の袖口に血痕が付着しているんだ？』と追及したところ、それは、死体に触ったからだと、そういう弁解でした」

「死体に触ったというと？」

「被告人の栗山昌雄が言うには、一一〇号室をたずねたところ、ドアが細めに開いていたそうです。何しろ午後十時半ごろのことですから、ちょっとヘンだなと思いながら、栗山昌雄は、ドアを開けて部屋へ入り、『寺島先生。こんばんは。栗山昌雄ですけど……』などと奥へ向かって声をかけたと言っています。しかし返事がなく……」

「ちょっと待ってください。ドアが細めに開いていたので、部屋へ入ったのはわかるとして、明かりはついていたんでしょうか？　部屋のなかに……」

「ついているところもあり、ついていないところもあったと栗山昌雄は言っています。一一〇号室は３ＬＤＫでして、そのうち玄関を入って、すぐのところのダイニングキッチンには明かりがついていたそうです。もうひとつ、奥の座敷にも明かりがついていたんです。実際、われわれ初動捜査班が一一〇号室へ入ったときにも、そういう状況でした」

「わかりました。話の筋を元に戻しましょう。被告人の栗山昌雄が一一〇号室へ入り、ダイニングキッチンに明かりがついてるのに気づいた。ここまではわかりましたが、それから、どういうことに？」

「栗山昌雄は、『寺島先生。いらっしゃるんでしょう？』などと言って靴を脱ぎ、ダイニングキッチンへ入ったんだそうです。そこが玄関先に一番近い部屋だったからだと本人は供述しています」

「なるほど。それで？」

「ダイニングキッチンへ足を踏み入れたとたんに、ギョッとしたそうです。というのは、床の上に背広を着たままの寺島周二が、うつぶせに倒れているのを見たからだと……まさか殺されているとは思いもよらず、『先生！　どうされたんですか？』などと言って体を揺すり、仰向《あおむ》けにしたところ、白いワイシャツやネクタイが真っ赤に染まり、口からも血がしたたり落ちているのを見て、いまにも心臓が止まりそうなショックを受けたと栗山昌雄は言うんです。上着やシャツの袖口に血痕が付着したのは、そのときに違いないと、そういう弁解でした」

風巻やよいは、主尋問を続行した。

「石橋さん。一一〇号室のダイニングキッチンで被害者の寺島周二が死んでいるのを見て、被告人の栗山昌雄は、ショックを受けたというんですが、それ以後の行動については、どのように供述しましたか？」

「要するに、被害者の様子から考えて、これは殺されたのに違いないと思い、もたもたしていると人に見られるかもしれず、たいへんなことになると怖くなって、とにもかくにもマンションから逃げ出したと言ってました」

「マンションから逃げ出して、城南駅へ向かったんでしょうか？」

「栗山昌雄は、そう言ってます」

「その供述は信用できると思いましたか？」

「時間的には、符合するわけです。つまり栗山昌雄の供述によると、一一〇号室をたずねたのは、当日の午後十時半ごろだったというんですから、いち早く逃げ出したとすれば、城南駅へは十一時ごろには着くはずです。実際には、すごく急いでいたので、もっと早く駅へ着いたんじゃないかと思われます」

「駅へ着いたにもかかわらず、電車には乗らずに廃屋同然の民家の軒下に蹲っていたのは、どういうわけでしょうか？」

「そのことですが、当初、本人の弁解は、ちょっと納得できませんでした」

「というと？」

「自分が目撃した事柄が、あまりにもショッキングだったので、駅へ着いても落ち着かず、もし電車に乗ったりしたら、乗客の目にとまり、怪しまれるんじゃないかと気をもんだり……もしかすると、あのとき死体に触れたりして、自分の衣服にも血がついているかもしれないと心配になってきたとも言ってました。夜間のことだから、よくわからないとはいうものの、明かりのついた駅のホームには、電車を待っている人の姿が、ちらほら見られたので、ホームへ行くのもはばかられ、どうしたものかと思案しながら、駅の近くの廃屋に蹲り、考えこんでいたと……そのように本人は弁解していました。タクシーを拾ったりすると高くつくし、ただでさえ生活費に困っているので、それもできず、歩いて帰ろうかと考えたり、あれこれ思い悩んでいたと栗山昌雄は言ってました」

「栗山昌雄の住まいは、どこですか？」

「奈良市郊外のアパートに住んでいるんです。ずっと以前から家族とも別居し、安アパートで一人暮らしをしています。ときおり弁護士の寺島周二や、彼の紹介で知ったほかの弁護士の依頼で調査活動をして、報酬をもらうという生活をしていたんです。事件当夜は、金の無心に行くために、寺島周二のマンションをたずねたわけですが、それにしても、とんだ災難に遭《あ》ったと本人は嘆いていました」

「石橋さん。そのような弁解を被告人の栗山昌雄から聞いて、あなたとしては、どうしなければならないと思いましたか？」

「とりあえず、弁護士の寺島周二宅へ駆けつけ、現場の状況を把握しなければならないと判断し、初動捜査班を編成することにしました。もちろん、署長官舎にも連絡をとっています」

「初動捜査班は、どのようなメンバーでしたか？」

「宿直の捜査員らを総動員し、ワゴン車二台に分乗して現場へ向かいました。その前に、緊急に現状を保存すべきだと考え、二台のパトカーに指示して、寺島周二のマンションへ急がせました。われわれ初動捜査班がマンションに到着したときには、先着の四人のパトカー要員が、一一〇号室の前で立ち番をしたり、現状保存にあたっていました。もちろん、その四人は現場の状況には一切、変更を加えてはいません」

「ところで、あなたが初動捜査班を引きつれ、事件現場に臨んで捜査を行った経過や結果については、詳しい捜査報告書が作成されていますので、それを裁判所へ提出しておりますが、いまここで、重要なことを一つだけ確認しておきます」

と言って、風巻やよいは、メモに視線を走らせながら、

「現行犯逮捕された被告人の栗山昌雄の弁解は、現場の状況と一致しました

か？」

「外形的には、一致しています。ただし、その時点では、自分は殺《や》っていないと栗山昌雄は言い張っていたんです……しかし、勾留《こうりゅう》が延長されてから五日目になって、やっとダイニングキッチンの調理用ナイフで寺島周二を刺し殺したことを認めました。自白調書を作成したのは、それ以後のことです」

「凶器の調理用ナイフは、犯行現場に残されていましたか？」

「いいえ。現場からは発見されていません」

「それについて、被告人の栗山昌雄は、どのように供述しました？」

「凶器に指紋がついているかもしれないので、現場から持ち去り、城南駅へたどり着くまでの間に、場所はよくわからないけど、民家のゴミ袋の中へ突っこんでおいたと、そう言うんです」

「どのあたりのゴミ袋か、それはわからないんですか？」

「はい。栗山昌雄をジープに乗せ、心当たりをまわりましたが、結局、どのあたりのゴミ袋だったか、わからずじまいです」

「そのゴミ袋は、ゴミ収集車に持ち去られたんでしょうか？」

「それに違いありません。栗山昌雄が言うには、ゴミ袋の結び目をほどき、中へ手を入れると、紙くずがたくさん入っていたので、その中へ凶器の調理用ナイフを突っこんでから、また、ゴミ袋の口を結んだというんです」

「なるほど。確認しておきますが、栗山昌雄を現行犯逮捕した翌日が、ゴミ収集日だったんですか？」

「そうです。しかもですよ、栗山昌雄が殺人を自白したときには、すでに事件発生後、十数日が経過しているわけですから、どうにもならないんです。念のために、ゴミ集積所へも出向いて、清掃係員にもあたってみましたが、結局のところ、凶器は見つからないままです」

「そういう事情なら、仕方ありませんわね」

と言って、風巻やよいが、ちらっと弁護人席の青山まどかに視線を投げると、彼女は、非難するような眼差しを風巻やよいに返してきた。

5

風巻やよいは、引きつづいて石橋警部補を尋問した。

「一一〇号室の現場の状況は、被告人の栗山昌雄の供述と外形的には一致したと証言しましたが、具体的には、どういうことでしょうか？」

「例えば、表のドアは細めに開いたままで、そのドアのノブには、被告人の栗山昌雄の血紋が付着していたことも判明しています」

「初動捜査のさいに目撃した寺島周二の服装などは、どうでしたか？」

「被告人の栗山昌雄が言った通り、背広上下に靴下、ネクタイに白いワイシャツ……どうやら、帰宅して間もなく殺害された模様です」

「すると、足取りが問題になりますね？」

「そうです。寺島周二は、事件当日の午後六時ごろに裁判所の近くの自分のオフィスを出たことが目撃されているんです」

「事務所には秘書がいるんでしょう？」

「女性秘書が一人いますが、当日は、家族に不幸があり、午後には早退しています」

「帰宅した寺島周二が、一一〇号室へ入るところを目撃した人物は、いないわけですね？」

「いません。何時ごろに帰宅したかも、推定の域を出ないんです」

「推定と言いますと？」

「司法解剖の結果、死亡推定時刻が割り出されています。それによれば、三月八日午後九時から十一時までの二時間の間に殺害されたことが推定されるわけです。したがって、帰宅直後、着替えもしないで殺害されたとするならば、帰宅した時刻も、午後九時から十一時までの間と推定するよりほかない状況です」

「なるほど。マンション付近の聞き込みをしましたか？」

「もちろんやりましたが、不審な人影を見たとか、そういう聞き込みはありませんでした」

「司法解剖は、いつ行いました？」

「事件の翌日、つまり三月九日午後に、京都の医大の法医学教室に依頼して行いました。その結果、先程も言いましたように、死亡推定時刻が割り出されたわけです」

「死因は？」

「鋭い刃物で心臓の直近あたりを刺され、死亡したことが判明しています」

「凶器はダイニングキッチンにあった調理用ナイフだというんですが、司法解剖の結果と符合しますか？」

「はい。傷口の特徴から考えて、まず間違いないと執刀医は言っておりました」

「それにしてもですよ、調理用ナイフが凶器だというのは、被告人の栗山昌雄の供述によるものであって、ほかに裏づけはないんでしょうか？」

「あります。週三日、通勤のお手伝いさんが一一〇号室をたずね、掃除をしたり洗濯をしたり、夕食の用意なんかもしているんです。そのお手伝いさんに連絡をとり、現場へきてもらったところ、ダイニングキッチンにあった調理用ナイフがなくなっていると言っておりました」

「ほかになくなったものがないか、その点は？」

「彼女としては、なくなったものがあるとは思えないと、そう言っておりました。そのお手伝いさんは家庭の主婦で、近くの団地から通ってくるんです。氏名や住所などについては、彼女の供述調書を見ていただけばわかります」

「その供述調書も、裁判所へ提出ずみです。さて、被害者宅から城南駅まで徒歩で三十分程度の距離だと言いましたが、寺島周二は、いつも、どのようにして大阪にある自分のオフィスへ通っていたんでしょうか？」

「たいていはタクシーを使っていたと聞いています。バスのときもありましたが、マイカーには乗っていないんです」

「毎日タクシーで通勤するわけですか？」

「城南駅まではね」

「被告人の栗山昌雄ですが、事件当夜、一一〇号室をたずねるときは、電車に乗ったんでしょうか？」

「はい。栗山昌雄のアパートのある奈良市郊外からだと特急に乗れば、二十分くらいで城南駅へ着きます。あとは、タクシーを拾いたいところだが、それもままならず、その時刻だとバスの便もなくなっているので、寺島宅まで歩いたと本人は言っています。実際、逮捕されたとき、本人の所持金は、二千円と小銭が少々で、それが全財産だと言っておりました」

「被告人の栗山昌雄が犯行を自白したのは、延長された勾留期間の五日目だったそうですが、殺害の動機については、どう言っておりましたか？」

「先程も言いましたように、被告人の栗山昌雄は、弁護士の寺島周二とか、彼に紹介された法律事務所などから依頼を受け、調査活動をしていたわけです。しかし、このところ、調査依頼の件数が格段に少なくなり、暇ができたせいか、以前にも増して競馬場通いが頻繁になり、結局、金に困って本件被害者の寺島周二などから借金するといった調子で、寺島弁護士との関係が、だらだらとつづいていた模様です。このへんの事情が寺島殺害の動機と深くかかわっています」

石橋警部補がそう言ったとき、被告人席の栗山昌雄が不快そうに顔をしかめるのが、風巻やよいの目に入った。弁護人の青山まどかはと見ると、反対尋問に備え、こまめにメモをとっている様子だ。

風巻やよいは言った。

「被告人が寺島周二のところへ金の無心に行くようになったのは、いつごろからですか？」

「本人が言うところによれば、この半年ばかり、そういう状態がつづいているそうです」

「寺島周二のほかにも、知り合いの弁護士がいて、やはり同じように借金を繰り返していたんでしょうか？」

「私が本人から聞いたところでは、あと二人ばかり弁護士の名前が挙がっていました。もちろん、その弁護士にも確認をとりましたが、間違いなさそうです。しかし、寺島周二から借りているケースが一番多いのは確かです」

「それは、なぜなのか、被告人に聞いてみましたか？」

「はい。『寺島先生は、気持ちのやさしい人で、私が無理を承知でお願いしても、たいていは応じてくださいました』と被告人は言っています」

「被告人の仕事が極端に少なくなったというのは、どういうわけでしょうか？」

「弁護士事務所への依頼事件そのものが減少したからだそうです。やはり不況のせいだろうって……ですから、調査の依頼も極端に少なくなったわけです。この点は、寺島周二にかぎらず、ほかの弁護士の場合も同じ状態のようです」

「不況なら、かえってトラブルが多くなり、弁護士が忙しくなるんじゃありませんか？」

「いや、必ずしもそうではないようだと被告人は言っていました。もっとも実情は、よくわかりませんが……私が聞いたところによると、最近、弁護士人口が増えるばかりで、減ることがなく、競争がいちだんと激しくなっているとかで……」

このとき、弁護人席の青山まどかが、メモをとりながら、にやっと笑うのが見えた。

不況や弁護士人口の増加で仕事が少なくなったらしいという石橋警部補の証言を聞いて、多分、「弁護士の懐具合いなんか知らないくせに……」などと軽蔑《けいべつ》をこめて笑ったのかもしれない。

あるいは「それは言えてるわね」と胸のなかでつぶやきながら、わが身を振り返り、にやっと笑ったのかもしれなかった。

風巻やよいは質問をつづける。

「石橋さん。それでは、三月八日夜、被告人の栗山昌雄が被害者宅をたずね、借金の申し入れをしたところ、拒否されたので、カッとなって殺ったと本人は自白したそうですが、そこらあたりの事情について、証言してください」

「簡単に言えば、いまおっしゃったような事情なんですが、これまでは、たいてい無理を聞いてくれたのに、どういうわけか、事件当夜は、たいへん不機嫌で、多分、気持ちが滅入《めい》っていたんじゃないかと、いまにして思えば察しがつく。そのように被告人は供述しています」

「気分が滅入っていたとすれば、それはなぜなのか、それについて被告人は何か言いましたか？」

「いいえ。そこまでは被告人にもわからないんです。ただ借金の申し入れをしたところ、寺島周二に、こう言われ、冷たい態度で拒否されたそうです。『これまで、きみには、さんざん迷惑しているんだ。もう、こないでくれ。金を貸したところで、返してもらったことは一度もないんだからね。調査を頼んだときは、その都度、相場以上の報酬を払っていることだし……金の無心なら、ほかの弁護士のところへ行けよ』とすげなく断られたんです。『そんなことを言わないで、先生』と何度も頭を下げて頼みこんだにもかかわらず、冷たくあしらわれたので、カッと頭に血がのぼり、たまたま目についた調理用ナイフを手にとり、刺したと……こんなふうに被告人は自白しました」

「要するに発作的な凶行ですね？」

「そうです。殺すつもりで被害者宅へ行ったんじゃないことは間違いありません」

「しかし、考えてみると、親切にしてあげたために、断るとかえって恨まれ、刺されたなんて、被害者本人にしてみれば、割に合わない話ですわね？」

「それは言えるでしょうが、人間なんて、いつも合理的に行動するとはかぎりませんから……親切にしてくれたために、いっそう依頼心が旺盛《おうせい》になり、大いに頼りにしていたのに、突如として冷たい態度をとられたために、カツンと頭にきたんじゃないかと思います。本人も、そのようなことを言っておりました」

「被告人が、被害者の寺島周二の冷たい態度にカッとなったのは、ほかにも理由があるんでしょうか？　借金を断られたことのほかに……」

「いいえ。それはありません。本人も、そういうことは言っておりません」

「最後に、一つだけ確認しておきますが……寺島周二は、弁護士としても、それなりのキャリアがあるのに、賃貸マンションで一人暮らしをしていたなんて、ちょっと理解できないんですが、そこらあたりの事情について証言してください」

「はい。聞くところによりますと、寺島周二は、一年前くらいから妻と別居中でした。それで、賃貸マンションに暮らしていたんです」

「別居の原因については、何か知っていますか？」

「一応、それも聞いておく必要があると考えまして、紀代《のりよ》夫人に会いましたが、話してもらえませんでした」

「要するに、別居の原因は、紀代夫人からは聞き出せなかった。こういうことですね？」

「そうです」

「夫人からは聞き出せなかったので、あなたとしては、ほかに情報源を求め、聞き込みを行ったわけですか？」

「一応はやりました。それというのは、今回の殺人事件に関係あるかもしれないと考え、念のために、寺島周二や夫人の周辺を聞き込みにまわらせたんです。しかし、有力な情報は何ひとつ入ってきませんでした。紀代夫人には、恋人がいるんじゃないかという噂《うわさ》を捜査員が耳にしましたが、確証はありません」

「要するに、夫人は不倫をしているかもしれない。そういう噂はあるにしても、そのこと自体が本件と関係があるとは考えられない。こういうことでしょうか？」

「そうです。被告人の栗山昌雄も、寺島夫婦の別居のことは知っていましたが、自分とは何の関係もないことだから関心はなかったと供述しています。しかし、こういうことを被告人は私に話してくれました。紀代夫人の亡父は、関西では有力な大物弁護士で、その娘である紀代夫人は、結婚直後から夫に対して冷淡で、言うなれば、亡父から強く勧められ、やむなく寺島周二と結婚したらしいと……」

「ちょっと待ってくださいよ。紀代夫人の亡父は、なぜ、自分の娘を寺島周二と結婚させたかったんでしょうか？」

「亡父にしてみれば、事務所を引き継いでくれる有能な若手弁護士を探していたところ、たまたま寺島周二を知り、自分の娘との結婚を強く勧めたらしいんです。そんなことから、二人は結婚したものの、もともと利害関係で結ばれた二人のことですから、心底から愛し合うこともなく、形だけの夫婦だったようです。それが、何らかのきっかけで破綻《はたん》し、別居したんじゃないかと……ですから、家つきの娘である紀代夫人は、別居後も父親譲りの豪邸に住んでいるのに、夫の寺島周二のほうは、賃貸マンションで一人暮らしをしていたわけです。われわれが聞き込んだのは、その程度でした。いずれにしろ、われわれとしては、そのこと自体、本件とは何の関係もないという結論に達し、以来、その点についての聞き込みは中止しました」

石橋警部補は、淡々とした口調で証言した。

6

風巻やよいの主尋問が終わると、久米川裁判長は、弁護人の青山まどかを振り向いて、こう言った。

「弁護人、反対尋問をどうぞ」

「はい……」

待っていましたとばかりに、勢いこんで立ちあがった青山まどかは、検察官席の風巻やよいに、ちらっと厳しい一瞥《いちべつ》をくれ、証人席の石橋警部補に向きなおる

と、

「では、今度は弁護人からおたずねします。あなたが検察官の質問に答えたところによりますと、事件当日の三月八日、午後十一時ごろ、城南駅付近でパトロール中の警官が挙動不審の男を発見し、職務質問をした。それが、ほかならぬ被告人の栗山昌雄だったというんですが、ここらあたりの事情について、いくつかの疑問がありますので、おたずねします」

と言って、青山まどかは、手にしたメモに視線を走らせながら、

「まず、挙動不審の男と判断したのは、どういう理由によるものですか？」

「廃屋同然の民家の軒下に蹲っていたからです。そこは暗い場所でして、そんなところに深夜に蹲っているなんて、普通じゃありません。まして付近にはひったくりが出没し、特別警戒中だったんですから、なおのことパトロール警官としては、職務質問を行う責任があります」

どうだ？　これでわかったろうとでも言いたげな顔をして、石橋警部補は、弁護人席の青山まどかを振り向く。

しかし、青山まどかは、平然と受け流して、

「すると、挙動不審の男だと判断したのは、暗い民家の軒先に蹲っていたからで

すね？　それとも、付近にひったくりが出没していたころであり、その男もひったくりではないかと疑ったからですか？」

「その両方です。しかもですよ、民家といっても、すでに証言しましたように、廃屋同然の……」

「だから怪しいというんでしょうけど、気分が悪くて蹲っていたかもしれないではありませんか？」

「ですから、とりあえず職務質問をするつもりで、その男に近づいたところ、やにわに急いで立ち去ろうとしたので、いよいよ怪しいとにらんで、声をかけたわけです。『ちょっと、そこの方、待ってください』とね。そのとたんに、男が一目散に逃げ出したんです。こういう状況なら、ますます疑いが深まります。だから追跡したんです」

「石橋さん。一つ一つ聞いていきますから、先走って証言しないように……誰だって、パトロールの警官に怪しまれていると感じたら、足早に立ち去りたくなりますよ。まして、『ちょっと、そこの方、待ってください』などと呼び止められたら、なおのこと怖くなります。実際、警官を敬遠する人は、少なからずいるんですから……そうでしょう？　そういう場合、警官としては、むやみに人を追跡してはならないんです。違いますか？」

「むやみに追跡したわけじゃありません。正当な理由があるから追跡したわけです。私は、あの付近の地理には詳しく、土地勘があるのでわかるんですが、何しろ寂しい場所であり、パトロール中の警官としては、不審な人物に出会ったのなら、黙ってやり過ごすべきではなく、声をかけるのが当然です。気分が悪くて蹲ってるのかもしれないいんじゃないかと言われましたが、確かに、その可能性もあります。ですから、とりあえず事情を聞くために、声をかけたわけです」

「すると、職務質問をするためではなく、気分が悪くて蹲っているのかもしれず、救助の可能性があるので声をかけた。こうおっしゃるんですか？」

「いいえ。両方だと申しあげてるんです」

石橋警部補は、あまりにも弁護人の青山まどかの態度が執拗で、同じことばかりを聞くものだから、カツンと頭にきたのか、急に言葉を荒らげた。

それを見て、風巻やよいは、いまにも石橋警部補が怒り出すんじゃないかと心配した。

察するところ、弁護人の青山まどかは、石橋警部補を怒らせたり、興奮させたりして、混乱させてやろうと考えているもののようだ。

頭が混乱すると、人間誰しも、言ってはならないことでも、つい口をすべらすものだ。

青山まどかは、それを狙っているらしい。

こういう反対尋問のやり方は、アンフェアであり、何よりも卑劣だ。いかにも青山まどからしい手口であるし、こういうタイプの弁護士に、ときとして出会うのも、また事実である。

風巻やよいは、異議申し立てのチャンスを油断なくうかがいながら、なりゆきを見守っていた。

その一方で、風巻やよいは、証人席の石橋警部補に向かって、青山弁護人の挑発に乗せられないようにと無言のうちにサインを送っているのだが、気づいてはくれない。

青山まどかの反対尋問がつづく。

「一・五キロメートルばかり、その挙動不審の男を追跡し、畑のなかで捕らえたと言いましたね。それについてうかがいますが、追跡中、一時的に、その男の姿を見失ったんじゃありませんか？　何しろ深夜のことであり、付近は物寂しい場所なんですから……」

「それはあったようです」

「では、どういう状況のもとで見失ったのか、それを証言してください」

「先程も証言しましたように、付近の地形に詳しい巡査長が、近道を走り抜け、逃げる男の前方へまわりこみ、退路を断って、もう一人の巡査と二人で、挟み撃ちにして逮捕したわけです。そのとき一時的に、巡査長が被告人を見失っています」

「ですから、どういう状況下で見失ったのか、詳しく知りたいんです」

「つまり巡査長が近道を走り抜けるとき、見失ったんです」

「何というか、ずっと一貫して、その男の後ろ姿を追っていたのではなく、ひとまず追跡を中断し、近道をたどったわけですから、その間、見失っているはずです。そうですよね？」

「おっしゃる通りです」

「見失った時間は、どれくらいでしたか？」

「三、四分くらいだったと、巡査長は言っております」

「三、四分ね。一・五キロメートル追跡する過程で、三、四分間だとすると、ちょっと長い時間のように思われますが、大丈夫なんですか？」

「何がですか？……」

「何がって、一時的にも見失えば、人違いの可能性があります。その結果、まったくの別人を畑のなかで捕らえたのかもしれないじゃありませんか？」

「そんなことは考えられません。なぜなら、二人の警官のうち、巡査のほうが一貫して、その男の後ろ姿を追っていたわけですから、人違いなんて、あり得ないことです」

「えらく自信がありますね？」

「いや、私自身、念のためと思って、現場付近を歩きまわり、地形を確かめてきましたからわかるんです。追跡警官たちの報告書も詳細にチェックしましたし……」

「いいですか？　石橋さん。巡査のほうだって、追跡の途中、その男の後ろ姿が森の影に隠れてしまったりして、二分ばかりの間、見失っているんじゃありませんか？　その巡査の報告書によると、そのような事実が推測されますが、いかがですか？」

「よくは覚えていませんが、確かに、その巡査は、森の黒い影を見たと言っていました。しかし、一時的にも見失ったとは言っておりません。報告書にも、そのようなことは記載されておりませんしね」

「記載するとまずいので、記載するなと、あなたが、その巡査に指示したんじゃありませんか？」

「まさか。そんなことはしませんよ」

と石橋警部補は、弁護人の青山まどかを振り向き、じろりと鋭い眼差しをあてた。

しかし、それくらいのことで気勢をそがれる青山まどかではない。

彼女は、勝ち誇ったような薄笑いを唇に浮かべながら、反対尋問をつづける。

もう、このときになると、被告人の栗山昌雄は、「ざまぁみろ」とでも言いたげに白い歯を見せながら、証人席の石橋警部補を見つめている。

栗山昌雄にしてみれば、自分を起訴に追いこんだ石橋警部補が、憎くてならないのだろう。

青山まどかは言った。

「石橋さん。結局のところ、いま証言されたような事情で、被告人を現行犯逮捕したわけでしょうが、この場合、現行犯逮捕の要件に該当するんですか？」

「もちろん該当します。被告人は、刑事訴訟法二一二条二項に定める準現行犯に該当するんですから……つまり同法同項四号にいうところの『誰何されて逃走しようとするとき』に該当します」

「実際に二人の警官たちは、誰何したわけですか？」

「しています。例えば『待ちなさい。聞くことがあります』などと叫びながら、追跡しているんです……そのほか、被告人の行動は、同法同項一号が定める『犯人として追呼されているとき』にも該当しますので、この点でも準現行犯となり、結局のところ、現行犯人とみなされます」

「いや、そうはならないんです。よく聞いてくださいよ、石橋さん。刑事訴訟法二一二条二項に定める準現行犯の規定は、こうなっています」

と言いながら、青山まどかは、弁護人席のデスクの上に置いてあった六法全書を手にとり、条文に視線を落としながら、言葉をつなぐ。

「同法二項の規定は、こうなっていますわね。『左の各号の一にあたる者が、罪を行い終ってから間がないと明らかに認められるときは、これを現行犯人とみなす』とね。そこで、『左の各号の一』とは、どういうことかと言うと、一号には、『犯人として追呼されているとき』とあります。また四号には、『誰何されて逃走しようとするとき』と記載されていますよね。いずれの場合も、『犯人として追呼されているとき』とか、『誰何されて逃走しようとするとき』とか、こういう状況だけでは、準現行犯にはならないわけです。よろしいですか？　これらの一号ないし四号に該当する場合であって、しかも『罪を行い終ってから間がないと明らかに認められるとき』に初めて準現行犯が成立し、現行犯人とみなされるわけです。問題の二人のパトロール巡査の場合、廃屋の軒下に蹲っている男に対して、四、五メートルの距離から声をかけたわけでしょう。『ちょっと、そこの方、待ってください』と……すると、その男は声をかけられたとたんに、脱兎のごとく駆け出した。そこで、パトロール警官たちは、『待ちなさい。たずねたいことがあります』などと叫びながら、追跡したわけです。そうですすよね？」

「おっしゃる通りです」

「そのようにして声をかけることが、『誰何』になるんですか？　あるいは、『待ちなさい。たずねたいことがあります』と叫びながら追跡したことが、『犯人として追呼されているとき』に該当するんでしょうか？　『誰何』とは、『誰ですか？　そこにいるのは……』とか、『おまえは誰だ？』とか、そのように呼びかけることを指します。さらに、『犯人として追呼されているとき』というには、逃げる男が何らかの罪を犯した犯人でなければなりません。ところが、その時点では、逃げる男は、何の罪も犯していなかったわけでしょう？　だって廃屋の軒下に蹲っていただけであり、しかもですよ、声をかけられて逃げたというだけではありませんか。そのこと自体が罪になるんですか？　さらに先程も言いましたように、『罪を行い終ってから間がないと明らかに認められるとき』という客観的状況がなくてはなりません。ただ呼び止められたから逃げたとか、『待ちなさい』と声をかけられ、怖くなって逃走したとか、それだけでは準現行犯は成立しないんです。もちろん現行犯人にもなりません。要するに『罪を行い終ってから間がないと明らかに認められるとき』の要件が充《み》たされていなくてはならないんです。この場合、どういう事実を根拠にして、その要件が充たされているとおっしゃるんですか？」

　青山まどかの追及は厳しい。

　彼女の言うことは、もちろん検察官である風巻やよいには、よくわかっていた。

　本件の場合、準現行犯が成立するかどうか、その点を弁護人側から鋭く突かれると、いかにもまずいのだ。

　むしろ、準現行犯、つまり現行犯人として逮捕するのではなく、「緊急逮捕」の手続きをとるべきだったのである。

準現行犯とか、現行犯人とかいうことになると、要件が厳しいのだ。

先程も青山まどかが指摘したように、一時的に逃走者を見失った場合、人違いの可能性がなくはない。要するに、途中で人が入れ替わっているかもしれないという疑いが残るからである。

このように要件の厳格な現行犯人逮捕手続きをとるよりも、むしろ「緊急逮捕」の手続きをとり、いったん容疑者を警察署へ引致したうえで供述を求め、その供述調書を資料として、裁判官に逮捕状を請求したほうが、捜査側としては無難である。

「緊急逮捕」の場合だと、逮捕状をとる暇《いとま》のないとき、一応、逮捕状なくして身柄を拘束しておいて、そのあとで逮捕状を請求することが許されるのだ。

ただし、「緊急逮捕」が許されるのは、殺人などの重大犯罪にかぎられるわけだが、本件の場合、栗山昌雄の上着やシャツの袖口には、人血が付着していたわけだし、栗山昌雄としても、被害者宅へ出向いたこと自体は素直に認めているわけだから、殺人罪を犯した疑いも充分にあり、本人が否認しても、裁判官に請求すれば、殺人容疑の逮捕状を出してくれるはずである。

そうはしないで、逮捕状を必要としない現行犯人として逮捕したのは、手続き上のミスであると指摘されても、言い逃れは難しい。

石橋警部補は、すでに、そのことに気づいているものとみえ、どう答えるべきか、思案している様子だ。

やがて石橋警部補は、こう答えた。

「要するに、その男の上着とシャツの袖口に血痕が付着しているのが発見されたんです。ですから、同法同項三号に定める『身体又は被服に犯罪の顕著な証跡があるとき』にも該当します。これだったら、『罪を行い終つてから間がないと明らかに認められるとき』にも該当するわけですから、当然に準現行犯が成立し、結局のところ、現行犯人とみなされるわけです」

「石橋さん。それは、二人のパトロール警官が被告人の栗山昌雄を逮捕し、警察署へ引致したときのことでしょう？」

「そうです。たまたま私が当直主任でしたので、引致されてきた栗山昌雄から事情を聞いたんです。そのとき、いま言いましたように、上着とシャツの袖口に血痕が付着しているのがわかったんです」

「つまり明かりのなかで被告人を見たから、血痕が付着していることがわかったのであり、それまではわからなかったんでしょう？」

「そりゃまあ、追跡中は判明しておりません」

「そこが問題なんですよ、石橋さん。警察署へ連れて行かれ、明かりの下で見たら、上着とシャツの袖口に血痕が付着していることが判明したので、準現行犯の要件に該当し、結局、現行犯人であるという結論に達した。これはいいんです。しかし二人の警官が、逃げる男を挟み撃ちにして、畑のなかで逮捕した時点では、上着とシャツの袖口に血痕が付着していることまでは、わからなかった。にもかかわらず、『待ちなさい』などと叫びながら追跡したのに、その男が逃げるのを見て、怪しいとにらんだ。そこで逮捕した。畑のなかでね。しかし、その時点では、『罪を行い終つてから間がないと明らかに認められる』状況ではなかったわけでしょう？　なぜなら、上着とシャツの袖口に血痕が付着していたかどうか、暗がりのなかだったから、わからなかったんです。つまり逃げた男が間違いなく被告人であったとしても、畑のなかで身柄を拘束したのは、違法な逮捕だったと言うよりほかありません。そのようにして違法逮捕した被告人を警察署へ連れて行き、あなたが明かりの下で見たところ、上着とシャツの袖口に血痕が付着しているのが判明した。だから準現行犯が成立し、現行犯人とみなされるというわけですが、それは、すべて事後のことです。むしろ私が指摘したいのは、畑のなかで捕まえた時点では、違法逮捕だったという点です。違法に逮捕して、その身柄を警察署へ連れて行っても、やはり違法な身柄拘束には違いありません。いずれにしろ、こういう場合、あなたとしては、どうすべきなのか、ご存じですか？」

問い詰められて、石橋警部補は返答に窮し、途惑いながら考えこんでいる。

風巻やよいとしては、助け舟を出してやりたいのはやまやまだったが、青山まどかが隙《すき》をみせないので、異議を申し立てる理由もみつからない。

そうとみて青山まどかは、いよいよ調子づいてきた。

「石橋さん。答えられないようですから、私からお教えします。そういう場合は、準現行犯が成立せず、現行犯人とはみなされないと判断して、ただちに栗山昌雄を釈放すべきだったんです」

釈放と聞いたとたんに、石橋警部補は青山まどかを振り向き、鋭い目つきで睨みつけて、

「何てことを言うんですか。上着とシャツの袖口に血痕が付着していることがわかっているのに、釈放するなんて……そんな愚かなことはできません。何よりも栗山昌雄は、本件被害者である寺島周二宅へ出向き、部屋へ入ったことは認めたんですから、なおのことです。しかもですよ、そのさい、寺島周二がダイニング

キッチンの床に倒れ、死んでいるのを栗山昌雄自身が見ているんです。それを思えば、釈放なんて問題外です。そんなことをしたら、私は警察を首になりますよ」

石橋警部補は、しきりに憤慨している。

しかし、青山まどかは平然として、

「あなたは、上着とシャツの袖口に血痕が付着していたと何度も言いますが、それが人血であるとわかったのは、翌日のことじゃありませんか？　鑑識課が検査するまで、人血とは判明していません。猫や犬の血だったのかもしれないんです……違いますか？」

「それはないでしょう。栗山昌雄は、寺島周二宅へ出かけたところ、ダイニングキッチンの床の上に寺島周二が倒れ、あたりに血が流れていたし、何よりも彼が死んでいたと言ったんですから、人血に決まっていますよ。よろしいですか？　弁護士先生。ダイニングキッチンの床の上に倒れ、血を流して死んでいたのは、犬や猫ではなく、三十七歳の男だったんですよ。そのことから考えても、栗山昌雄の上着とシャツの袖口に付着していた血痕は、十中八、九まで人血であろうと察しはつきます。それでいいじゃありませんか？　そのこと自体、栗山昌雄が、

『罪を行い終ってから間がない』と認められる状況だったんですから……」

「それはわかりますが、被告人の栗山昌雄を現行犯逮捕した理由は、殺人罪ですわね。しかし、その時点で、被告人の栗山昌雄は、寺島周二宅へ行ったことは認めましたが、寺島周二を殺したことは否認しています。血痕がついたのは、死体に手を触れたからだろうというだけのことにすぎません。それとも死体に手を触れたら、それだけで殺人罪になるんですか？」

「それは詭弁《きべん》ですよ、弁護士先生。本人は、死体に手を触れただけだと言ってはいるものの、われわれの視点からみれば、殺人の疑いが充分にあるわけです。だから逮捕したんです。果たして、間違いなく殺人犯人なのかどうか、それは裁判所がお決めになることで、われわれ警察官が判断すべきことじゃありません。ただ客観的状況からして、罪を犯した疑いが充分にあるときは、逮捕しなければならないんです。それが警察官の職責です。弁護士先生なら、それくらいのことは、おわかりだと思うんだけど……」

石橋警部補は、ここで見事に名誉を挽回《ばんかい》したかに思えた。

実際、青山まどかの言い分は、それなりに一理あるにしても、いまのように殺人容疑で逮捕したのは間違いだと言わぬばかりの主張は、明らかに行きすぎである。

警察官は裁判官ではないのだから、殺人の疑いがあれば、殺人の容疑で逮捕すべきなのだ。

ただ、その逮捕手続きに問題があったのは確かだ。要するに準現行犯が成立したという判断ミスを犯したのである。

もし、二人のパトロール警官が栗山昌雄を警察署へ引致してきた時点で、風巻やよいが連絡を受けていたなら、多分、次のような指示を出したことだろう。

「それは、まずいわね。そういう状況なら、準現行犯にはならないんやから、ひとまず釈放し、引きつづいて緊急逮捕しなさいよ。そのうえで栗山昌雄の供述調書をとり、それを資料にして、できるだけ早いうちに、令状係の裁判官に逮捕状を請求すればええのよ」と……。

しかし、石橋警部補にしてみれば、そこまで考えが及ばず、パトロール中の警官が、準現行犯であるとして逮捕し、身柄を引致してきたものだから、そのまま安易に現行犯人として、手続きを進めたのである。

とは言っても、手続き上のミスは、あくまでも手続き問題にすぎず、寺島周二殺害犯人として、栗山昌雄を有罪にすべきかどうかとは、直接、関係がないはずである。

しかし、弁護人の青山まどかにしてみれば、そういう手続き上のミスを犯して、違法に栗山昌雄の身柄を拘束し、その期間中に自白させたのであるから、自白そのものが無効で、無罪であると主張するつもりでいるのだろう。

実際、アメリカの刑事手続きでは、違法な逮捕により身柄を拘束され、その期間中に罪を認めても、有罪にはできないというルールが、ほぼ確立している。

しかし、わが国では、そうではない。

手続き上のミスは、一応、ミスとして裁判所は認定するが、そのことから、ただちに被告人に無罪の判決を下すなんてことはしない。

ところで、このとき風巻やよいが法壇の上の久米川裁判長に視線を投げると、感情を顔にあらわさない職業裁判官特有のポーカーフェースで証人尋問の経過を見守っているだけで、ほとんど何の反応も示さない。

風巻やよいは、いらいらしてきた。もう、このへんで青山まどかの反対尋問を打ち切りにさせるべきだ。

彼女は席を立つと、こう言った。

「裁判長。弁護人は、捜査過程における手続き上のミスばかりをあげつらっていますが、事件の内容そのものについて質問するつもりがないのなら、このへんで反対尋問を打ち止めにすべきです。いつまでも手続き問題ばかりに時間をとられていると、審理が進みませんから……」

確かにその通りだと言わぬばかりに、久米川裁判長はうなずき返しながら、青山まどかに向かって、こう言った。

「弁護人。手続き上の問題について、このあとも質問をつづけますか？　そうでなければ、事件そのものの実体について審理を進めたいと考えます。どうなんですか？　弁護人」

久米川裁判長は、たたみこむような調子で言った。

青山まどかも、やっと自らの非を悟ったらしくて、

「承知しました。では、手続き問題については、この程度にとどめ、事件の経過や動機、背景などの捜査を警察が、どのように進めたのか、その点について反対尋問を行いたいと思います」

「いいでしょう」

と言って、久米川裁判長は、再び得意のポーカーフェースに戻り、真っ直ぐ正面を見つめながら、証言を聞く態度になった。

ほかの二人の陪席裁判官も、まるでコピー人間のように、まったく同じポーズで審理に臨む姿勢を示した。

7

弁護人の青山まどかは、証人席の石橋警部補に言った。

「では、事件の実体についておたずねします。捜査記録によりますと、あなた自身も検視に立ち会ったし、司法解剖にも立ち会ったことになっていますが、間違いありませんか?」

「間違いありません」

「それでは、本件被害者である寺島周二が、どういう状態で殺害されていたか、これについては、現場における検視のさいにも見ているし、司法解剖の一部始終も目撃していた。こういうことですね?」

「その通りです」

「それでは、犯行直前に、現場において、犯人と被害者とが、どういう位置関係にあったか、当然に推定できますね?」

「それはわかります。被告人の栗山昌雄と、被害者の寺島周二との距離は、一メートル前後であったと思われます」

「つまり、一メートル前後の距離をおいて、犯人と被害者とは、ダイニングキッチンで対峙《たいじ》していた。要するに借金のことで二人は言い争っていたわけですね？」

「そうです。被告人自身も、それを認めています」

「石橋さん。被告人が、どう言ったかを私は聞いてはおりません。弁護人としては、あくまでも被告人は無実であると考えておりますので、犯人と呼ぶことにします。あなたも、それに従っていただきたい」

「いや、それはおかしいんじゃありませんか。弁護士先生。あなたがどういう言葉を用いて質問するか、それは、まったくあなたの自由です。それと同様に、私がどういう言葉で証言するか、それも私の自由です。証人の用いる言葉遣いまで、いちいち弁護人に指示される必要はありません」

そう言って、石橋警部補は微《かす》かに笑った。

確かに石橋警部補の言う通りだと風巻やよいは思う。

青山まどかは、ちょっと気後れしたのか、うつむき加減になり、しばらく思案

していたが、やがて気を取り直し、顔をあげると、何ごともなかったかのように平然として、

「質問をつづけます。一メートル前後の距離をおいて、二人が口喧嘩《くちげんか》というか、言い争っていたところ、突如として犯人がダイニングキッチンにあった調理用ナイフを手にとり、寺島周二の胸を刺した。こういう発作的な犯行であることは、検視や司法解剖の結果からも推定できる。こういうわけですね？」

「そうです。被告人自身も、そのように自白しています」

「石橋さん。被告人が犯行を自白したかどうかなんて、私は聞いていません。先程、注意したはずですが……」

青山まどかは、甲高い声で石橋警部補を非難した。

石橋警部補は、顔色ひとつ変えずに泰然として、

「言っておきますが、私は、自分の意思に従って証言しているんです。何よりも私は検察側の証人であり、弁護側の証人じゃありません。先程も言ったように、質問にさいして、どう答えるかは私自身が決めるのであり、いちいち弁護人の指示を受けることはないんです」

言うまでもなく、これは正論であるが、先程、石橋警部補にやりこめられた悔

しさが胸の中でもやもやしていたものとみえ、ここへきて、青山まどかは我慢しきれなくなり、昂然《こうぜん》と頭をもたげて、

「石橋さん。裁判にかけられている被告人は、有罪判決が出るまでは、無罪であると推定されるのを、あなたはご存じでしょう。刑事裁判のイロハですものね。当然にあなたとしても、その前提で証言しなくてはなりません。わかりましたね？」

「いや、わかりません。何度も言ってるように、私がどういう答え方をするかは、私の一存で決めることであって、弁護人の指示を受ける必要はないんです」

石橋警部補も意地っ張りだから、容易なことでは譲らない。

一方、青山まどかのほうも、いよいよ依怙地《えこじ》になり、石橋警部補に向かって、次々と非難の言葉を浴びせかけた。

「石橋さん。あなたは、刑事裁判のあり方さえ知らない時代遅れの捜査官ですね。いま、そのことを嫌というほど知らされましたわ。それぱかりか……」

この調子で好き放題に、青山まどかに喋《しゃべ》らせておけば、審理がはかどらず、時間を食うばかりである。

もしかすると、そこが狙いで、青山まどかは、議論をふっかけているのかもし

れない。

風巻やよいは、機敏に立ちあがった。

「裁判長。弁護人は、本証人に対して議論を仕掛けています。これでは時間の無駄づかいです。証人尋問というのは、弁護人と証人が議論をするためのものではなく、事実を聞くための手続きです。どうやら、弁護人は、法律家として当然に知っておくべき初歩的知識さえも、お持ちになっていないようなので、裁判長から厳しく注意していただきたい」

こういう言い方をされると、青山まどかとしても、黙ってやりすごせなくなったらしくて、顔を真っ赤に充血させながら抗議した。

「検察官。いまの言葉を撤回しなさい。失礼な！」

「いまの言葉とおっしゃいますと？」

風巻やよいは、唇に薄笑いを浮かべながら問い返す。

過去の例から考えても、青山まどかが、ことあるごとに風巻やよいに辛《つら》くあたるのは、何が原因なのか、よくわからない。

多分、相性が悪いからだろう。

久米川裁判長は、風巻やよいが異議の申し立てをしたために、何らかの態度を

表明する必要に迫られ、法壇の上に身を乗り出すようにして、

「弁護人も、それに検察官も、余計なことで時間をつぶすのは差し控えるように……」

そう言って、久米川裁判長は、双方をたしなめる。

風巻やよいにしてみれば、余計なことで時間をつぶしているのは、青山まどかであり、自分ではないのだが、久米川裁判長にしてみれば、弁護人にだけ辛くあたっているような印象を与えるのはよくないという職業裁判官特有の本能が働いたのか、風巻やよいまでが巻き添えを食った形になった。

よくあることだが、しかし風巻やよいとしても、相手が青山まどかともなれば、ひとこと言っておきたいところである。

風巻やよいは、久米川裁判長に向かって、

「裁判長。余計なことで時間をつぶしているのは、弁護人であり、私ではありません。私としても、そういう弁護人の態度を見るに見かねて、先程、裁判長の注意を喚起すべく、異議の申し立てをしたまでです」

言わなくても、わかってるはずだと思いながらも、風巻やよいは、久米川裁判長の痛いところをチクリと一針、刺してやった。

久米川裁判長は、白い歯を見せながら、風巻やよいを振り向き、わかっていますよ、とでも言いたげに、うなずいている。

青山まどかとしても、裁判長から注意されたからには、従うよりほかないわけで、彼女は、

「裁判長。よくわかりました。石橋警部補は、まるで被告人が犯人であるかのように決めてかかっているようですが、そういう非常識な捜査官であることを前提にして、尋問をつづけていくつもりです」

非常識な、という言葉に、彼女はアクセントをおいたものだから、石橋警部補が血相を変えて抗議しようとするのを見て、風巻やよいは、

「石橋さん」

とひと言、控えめに声をかけた。

大人気ないですよ、という意味の警告である。

「わかりました」と目顔で答えて、石橋警部補は、正面に向き直った。

それを見て、久米川裁判長は、

「では、弁護人。尋問をつづけてください。ただし、無用のトラブルを起こさないように……」

「わかっています」

と青山まどかは、不機嫌な顔をして、証人席の石橋警部補に向き直ると、

「では反対尋問をつづけます。要するに、これまでの経過によりますと、犯人は、一メートル前後の距離から、被害者である寺島周二に襲いかかり、胸を刺した。その結果、被害者を死亡させた。こういうことですね？」

「そうです」

石橋警部補は、何度も同じことばかりを聞くんじゃないよ、とでも言いたげに、ぶすっとした顔つきで答える。

青山まどかは言った。

「一メートル前後の距離から、犯人が被害者を刺し殺したとすれば、現場のダイニングキッチンには、かなりの血が流れていなければなりませんわね。そればかりか、当然に犯人は、相当量の返り血を浴びたはずです。この点は認めますか？」

「ええ、まあ、そういうこともあるでしょう」

「いいえ。必ずや、大量の返り血を浴びたはずです。にもかかわらず、逮捕されたさい、被告人の栗山昌雄は、上着とシャツの袖口に血痕が付着していた程度に

すぎません。これはおかしいんじゃありませんか？　やはり被告人が逮捕直後に弁解していたように、被害者の寺島周二が殺害されているとも知らずに、そのマンションへ足を踏み入れ、死体を見て愕然《がくぜん》とした。そのさい、死体に接触したために、上着とシャツの袖口に血痕が付着した。そう考えるのが正しいんじゃありませんか？　それとも、実際に、被告人は大量の返り血を浴びていたんですか？　逮捕されたさいに……」

「大量の返り血を浴びていたなんてことはありません。しかし、上着やシャツの前のほうにも、血痕が付着していました。もちろん、B型でして、被害者の血液です」

「ちょっと待ってくださいよ。上着やシャツの前のほうにも、血液が付着していたというのは事実ですか？」

「事実です。その点、鑑識課の報告書があります。それも、本法廷へ提出されているはずですが……」

「それは見ました。しかし、一メートル前後の距離から人を刺し殺したとみるべき大量の返り血を浴びたなどと、報告書には記載されていません。そうなりますと、やはり、当初、被告人が言っていたように、ただ死体に触れたために、上着とシャツの袖口に血痕がついたのであり、被告人が被害者宅をたずねたのは、殺人事件があった後だという結論になるのではありませんか？　石橋さん」

石橋警部補は、しばらく思案していたが、やがて、こう答えた。

「ご指摘の点については、それなりに理解できないわけではありませんが、被告人の自白などを含めて考えると、やはり、犯人は被告人であったと認めざるを得ないんです。実際、被告人の栗山昌雄自身が、そのように私の面前で自白していたことでもありますから……」

青山まどかは言った。

「それを言うなら、弁護人としては、石橋さんの言う自白なるものが、どういう過程で引き出されたのか。つまり、どのような状況のもとに、被告人が自白させられたのか。それについて明らかにしたいと思います」

と青山まどかは、ひと息入れ、手にしたメモに視線を走らせる。

あらかじめ、反対尋問の要点を克明にメモし、準備を怠らなかったようだ。

この点は、さすがだと風巻やよいも思う。

そこまでしない弁護人も、実際にいるのだから、青山まどかの態度は、実に立派だ。

メモから顔をあげると、青山まどかは、証人席の石橋警部補に厳しい視線を注《そそ》ぎながら、口を開いた。

「石橋さん。逮捕された当時、被告人の栗山昌雄はですよ、寺島周二を殺害したのは、自分じゃないと否認していたんでしょう？」

「そうです。自分が寺島宅へ行ったときには、もう、被害者は死んでいたのであり、ただ、無用心にも死体に触れたために、上着とシャツの袖口に血痕がついたんだと言って譲らなかったんです」

「しかし、あなたとしては、被告人を殺人罪で現行犯逮捕した経緯《いきさつ》もあり、そのまま取り調べをつづけた。そうですね？」

「第一日目、つまり事件当日は、先程言いましたように、本人の弁解を聞いただけで、留置場へ収容しました。それだけです」

「すると取り調べは、いつから？」

「翌日からです」

「四十八時間の逮捕期限が切れると、身柄を検察庁へ送検した。そうでしたね？」

「はい。担当検事に、事件の内容について告げたのは、そのときでした。それまでは、本件について、まったく担当検事に連絡していなかったんです。私自身も、その暇はなかったし……」

「あなたの言う担当検事というのは、いま公判に立ち会っている風巻やよいさんのことですか？」

「そうです。本件は、京都地検宇治支部の管轄ですから……」

「風巻やよい検事には、どのように事件の内容を告げたのですか？」

「ひと通り事件の経過を報告し、説明したうえ、今後引きつづいて、殺人容疑で取り調べる必要があるから、裁判所に勾留状の請求をしてほしいと……そのようにお願いしました」

「それで、勾留請求したんですね？」

「そうです」

「その結果、勾留状が発せられ、十日間、被告人は身柄を拘束された。こういうことですか？」

「その通りです」

「その十日間の間、被告人は、寺島周二を殺害したことを認めましたか？」

「いいえ。事件当夜、自分が寺島宅をたずねたのは事実だが、殺してはいないと、その一点張りでした。血痕についても、多分、死体に衣服が触れたせいだろうと、そう言うだけでした」

「その十日間の勾留期間中、検察官の風巻やよいさんは、被疑者である栗山昌雄の身柄を連れてくるようにと、あなたに命じましたか？」

「それはありました。しかし本格的な取り調べは、ほとんど私たちでやりました」

「それじゃ、風巻検事は、ほとんど被疑者の取り調べをしていない。こういうことでしょうか？」

「いいえ。勾留請求をするときにも、ひと通りの取り調べをされています。それと勾留延長の請求をする直前にも取り調べておられるんです。そのころ、風巻検事は、大がかりな選挙違反事件に忙殺され、猫の手も借りたいくらい忙しくしていらっしゃったので、取り調べは、極力、われわれのほうで行いました」

「わかりました。そのようにして勾留期限が切れた。そこで、勾留延長の申し立てを裁判所にしてもらえないかと、風巻検事に頼んだわけですね？」

「そうです。われわれの見るところ、寺島周二を殺害したのは、栗山昌雄に違いないと確信していましたので、あと十日間、勾留期限を延長するように裁判所に申し立ててもらいたいと、風巻検事にお願いしたんです」

「風巻検事は、快く承知しましたか？」

「いいえ。ひとまず、処分保留で釈放し、その一方で証拠集めを丹念に行い、再捜査したらどうかと言われました」

「それで？」

「しかし、われわれは猛然と反対しました。なぜかと言いますと、その段階で栗山昌雄を処分保留で釈放すれば、たちまち行方がわからなくなるのに決まっていると……家庭もなく、風来坊のような男だから、釈放されたとたんに、糸の切れた凧《たこ》みたいに、どこかへ飛び去り、行方をつきとめるのが困難になる……そう言って、風巻検事を説得し、無理やり承知させました」

「何を承知させたんですか？」

「勾留延長の請求を承知させたんです」

「その結果、勾留は延長された？」

「そうです」

「勾留延長の請求をするにさいして、風巻検事は、被疑者の栗山昌雄を自分の執務室へ呼び、取り調べをしましたか？」

「先程も言ったように、取り調べをされています。選挙違反事件なんかでお忙しいなかを、まる一日、この事件のために時間を割いてくださったんです。そのころ風巻検事は、毎晩のように徹夜され、ただでさえ疲れておられたのに、無理を言って申しわけなかったと、いまでも反省しております。とは言いながら、これも真実発見のためですから……」

「そのようにして勾留が延長されても、なお栗山昌雄は殺害の事実を認めなかったんですね？」

「そうです。われわれとしても、強引な取り調べはせず、栗山昌雄が自発的に罪を認めてくれるように根気よく説得をつづけたんです。公判になってから、自白を強制したとか言われ、せっかくの事件が台無しになるのを恐れたからです。風巻検事も、そのことを何度も私たちに注意しておられました。そんなこともあって、われわれとしては、無理な取り調べは一切しなかったんです」

「とは言うものの、勾留期間が長引けば、人間誰しも、心理的に追い詰められ、取調官に誘導されるまま、自白調書の作成に応じてしまうものです。その点は心得ていましたか？」

その質問が青山まどかの薄い唇から飛び出したとたんに、石橋警部補は、ぎょろりと目を剝いて、弁護人席を振り向き、猛然と食ってかかった。

「青山さん。すると、あなたは、われわれが栗山昌雄を不当に誘導し、犯してもいない罪を自白させ、自白調書を作成したと、そう言うつもりですか？　だったらはっきり、そのようにおっしゃい。遠まわしに、皮肉ったりしないで……」

石橋警部補は、ことのほか興奮していた。

しかし、青山まどかは、このときばかりは、クールな態度を崩さない。

もう、石橋警部補の挑発には乗らない腹を固めたのだろう。

彼女は、いまの石橋警部補の言葉を聞いていないかのように、さらりと言ってのけた。

「石橋さん。被告人の栗山昌雄が殺害の事実を認めたのは、勾留が延長されてから五日目のことですね？」

「そうです。その朝、栗山昌雄は、これまでと違って、何だかすがすがしい顔をしていました。『おや、ご機嫌だね？』と言ったところ、栗山昌雄は笑いながら、『憑《つ》き物《もの》が落ちたような気持ちですよ。反省したんです。何もかも話すほうが、気分も楽になるだろうって……』……そう言ってから、栗山昌雄は、こちらから何も聞いてはいないのに、自発的に、すべてを自白したんです。もちろん、事件当夜、寺島周二を殺害したことも含めて……」

「しかし、被告人の栗山昌雄は、私に対して、そうは言っていませんわよ。勾留が延長されてからというもの、毎日のように責められ、三人の刑事が、とっかえひっかえ目の前にあらわれ、『おまえが殺ったってことは、わかってんだ。自白《げろ》しろ』なんて、机を叩《たた》いて大声で怒鳴りつけられ、気がヘンになってしまったと言っています。そのうち、もう自分はどうなってもいいから、こんな責め苦から逃れたいと、そのことばかりを考えるようになったんです。要するに、あなたたちは、被告人の栗山昌雄に対して自白を強制したり、不当な誘導をしたりして、自白調書をでっちあげたんです。どうです？　認める気はありませんか？」

しかし、石橋警部補は冷静さを失わず、淡々とした口調でこう証言した。

「そういう事実は一切ありません。先程も言いましたように、われわれは、いつもフェアな態度で、栗山昌雄を前にして説得をつづけました。大きな声で怒鳴ったり、机を叩いたりしたなんて、とんでもない言いがかりです。何でしたら、本人にもう一度聞いてくださいよ。いや、いまここで私から被告人に質問してもいいんですけど……多分、それは許されないでしょう」

風巻やよいが感心するほど、石橋警部補の証言の態度は立派だった。

8

弁護人の青山まどかは、証人席の石橋警部補に対する反対尋問を続行した。

「それでは、具体的なことを一つ一つ、詳細に聞いていきます。被告人の栗山昌雄が言うには、事件当夜、一一〇号室をたずねたところ、ドアが細めに開いていた。時刻は十時半ごろ。こういうことですね？」

「そうです。もちろん、われわれが現場へ駆けつけたときも、そうでした。これは、被告人自身が現場から逃げるとき、ドアを施錠しなかったからです」

「自動ロックではありませんね？　そのドアは……」

「はい。キーがないと、外部から施錠することはできません」

「そのキーのことですが、一一〇号室から発見されましたか？」

「洋服ダンスの引き出しの中に一個と、被害者の寺島周二自身が身につけていたズボンのポケットに一個、見つかりました」

「すると、被害者が帰宅したとき、ズボンのポケットに入っていたキーで、表ドアを開けた。そのあと、キーを、そのままズボンのポケットに戻しておいた。こう事実が推定されますね？」

「その通りです」

「それにしても、なぜ寺島周二は、帰宅直後にドアを施錠しなかったんでしょうか？」

「それはわかりません。すぐに外出するつもりだったのかもしれないし……だから、着替えをしなかったとも考えられます」

「それは推測ですね？　あくまでも……」

「もちろん、推測です。裏づけはありません」

「いずれにしろ、事件当夜の十時半ごろ、被告人の栗山昌雄が一一〇号室をたずねたとき、ドアが細めに開いていたのは事実と考えていいんでしょうね？」

「本人が、そう言ってるんですから、間違いないでしょう。しかし、これだって裏づけはないんです。被告人が、そう言ってるだけで……それに被害者の寺島周二は、すでに死亡していることでもありますしね」

「石橋さん。そういう前提のもとに考えてみると、なぜ、被害者の寺島周二は、ドアに施錠しなかったのか。もしかすると誰かがたずねてくるのを予期していたからではありませんか？　それも極めて親しい間柄の人物のはずです」

「さあね。それについては、何の手がかりも残されていません」

「そのドアのことですけど、被告人の栗山昌雄の血紋が検出されたのは事実だとして、ほかにも指紋が残されていましたか？」

「はい。寺島周二の指紋のほかに、いくつかの不明瞭《ふめいりよう》な指紋が残されていましたが、特定はできませんでした」

「あなたたち初動捜査班が一一〇号室へ入ったとき、ダイニングキッチンのほかに、奥の座敷にも明かりがついていたそうですね？」

「はい。被告人の栗山昌雄が一一〇号室をたずねたときも、そういう状態だったと言っています」

「そこでおたずねするわけですが、もしかすると、被告人の栗山昌雄が一一〇号室をたずねたとき、すでに先客があったのではありませんか？」

「そういう形跡はありませんでした。被告人自身も、先客があったなんて言ってはおりません」

「事件当日、被害者の寺島周二が自分のオフィスを出たのは、午後六時だったというんですが、そのまま寄り道しないで帰宅すれば、何時ごろになるんでしょうか？　もちろん、あくまでも推定ですけど……」

「そうですね。寺島周二のオフィスの近くに私鉄の駅がありますので、交通の便利はいいようです。われわれが調べたところでは、その私鉄の駅から城南駅まで、急行に乗れば二十五分です。その時刻だと急行の本数が多いので、おそらく寺島周二も、急行に乗ったと思います」

「なるほど。城南駅から歩いたとすれば、三十分でマンションへ着く。その点は、すでに明らかになっていますが、たいていはタクシーに乗っていたとか……」

「その通りです。タクシーだったら、マンションまで五分ないし七分です。バスだと時間待ちしないで、十五分とみていいでしょう」

「それでは、あらゆる事情を勘案しても、事件当日の午後六時ごろにオフィスを出て、真っ直ぐ帰途に着いたのなら、遅くとも午後七時ごろにはマンションへ着いているはずです。多少の時間のずれはあるとしてもね。そうは思いませんか？」

「その通りです」

「ところがですよ、被告人の栗山昌雄が一一〇号室をたずねたとき、寺島周二は着替えもしていなかったと言うんです。その時刻は午後十時半ごろ。本来なら午後七時ごろに帰宅していなければならないのに、三時間半が経過していたわけです。そんなに長時間、着替えもしないでいたとは、ちょっと考えられないんですが、いかがですか？」

「さあ、それは何とも言えません。いろいろ想像することはできるでしょうけど、裏づけがなければ、どうにもなりませんからね」

「それにしても、おかしいじゃありませんか？　素直に考えれば、寺島周二は、事件当日の午後六時ごろにオフィスを出たとして、そのあと寄り道をしたんじゃありませんか？　例えば、誰かから呼び出しの電話がかかってくるとかして……」

「呼び出しの電話があったか、どうかについて、女性秘書から事情を聞きましたが、かかっていなかったそうです。もっとも、その女性秘書は午後から早退していますから、もし、午後に誰かから呼び出しの電話がかかってきたとしても、女性秘書は知らないわけです」

「石橋さん。あなたは、いま私が指摘した、いくつかの疑問について、あまり熱心に捜査をしていませんね？　例えば、被告人の栗山昌雄が一一〇号室をたずねた時点で、すでに先客があったかもしれないとか……事件当日、寺島周二は、オフィスを出たあと寄り道をしたのではないかとか……それらの点について、丹念に聞き込み捜査をするのが、捜査の基本ではありませんか？」

「もちろん、やりましたよ。しかし、それらの推測を裏づける情報は、入手できなかったんです」

「あなたね、被告人の栗山昌雄が一一〇号室をたずねたとき、ドアが細めに開いていたことを耳にしたのに、なぜ、そうなっていたのか、それについては徹底的に詮索《せんさく》していませんね？」

「詮索するも何も、被害者は死んでいるんですから、どうしようもないんです」

「事件当夜、一一〇号室から立ち去る怪しい人影を見たとか、そういう聞き込みもないんですか？」

「聞き込みは丹念に行いました。しかし、われわれのほうへは、そういう情報は入っていません」

　要するに、弁護人の青山まどかとしては、被告人の栗山昌雄が犯人に違いないという見こみをつけ、彼に自白を迫り、最後には起訴にもちこめるように自白調書を作成したのであり、本来、彼は無実なんだと言いたいのである。つまり自白偏重の捜査を行い、無実の被告人を罪に陥れようとしているというわけだ。

　おそらく、そのことは最終弁論の段階で指摘するつもりでいるのだろう。

「石橋さん。あと、いくつかの事柄について確認しておきます」

青山まどかは、メモに視線を走らせながら、「寺島夫人のことですけど……不倫の噂をキャッチしたからには、相手が誰であるか、突きとめる必要があったのではありませんか？」

「それは、やりました。しかし、当の本人の寺島夫人が頑として口を割らず、ノーコメントの繰り返しで、手がかりが得られなかったんです」

「石橋さん。『私は不倫をしています』なんて言う人がいますか？　とりわけ人妻であった場合、なおさらのことです。ほかに情報源を求め、徹底的に調べあげるのが、捜査の常道ではないんですか？」

「よくわかっています。もちろん寺島夫人の周辺を聞き込みにまわりましたが、やはり、不倫をしているとか、その相手が誰であるとか、そういう確定的な情報は一切得られなかったんです」

石橋警部補は、きっぱりと答えた。

実際、未亡人の紀代が仮に不倫をしていたとしても、探るのは容易なことではないだろう。

金持ちのお嬢さんのことでもあり、しっぽをつかまれないように浮気するつもりなら、方法はいくらでもある。

ただ風巻やよいは、いつだったか、寺島周二から直接、夫人の不倫について聞かされたことがあった。

不倫の相手の名前は言わなかったが、どうやら別居の原因も、そこにあるらしいと風巻やよいは思う。

閉廷後、風巻やよいが裁判所をあとにして、京都地方検察庁宇治支部の執務室へ戻ると、背筋が寒くなるようなショッキングな出来事が待っていた。

誰のものともわからないホルマリン漬けの人間の耳が郵便小包で送られてきたのだった。

早速、石橋警部補に連絡をとり、捜査を依頼するのと同時に、本庁である京都地方検察庁へも報告しなければならず、風巻やよいは、京都へ向けて公用車を飛ばした。

第二章　女裁判官の失踪

1

「えっ、裁判官の三宅田鶴子《みやけたづこ》さんが行方不明？……」

と風巻やよいは、一瞬、息を呑んだ。

「そうなんですよ。行方がわからなくなってから、もう三か月になるそうです」

石橋警部補は、深刻な顔をして、そう言った。

彼女は、身を乗り出すようにして、

「でも、どうして？　バリバリの大阪地方裁判所の女性裁判官が行方不明になったというのに、三か月もの間、捜し出せないやなんて、ずいぶん不甲斐ない話やないのよ。いったい、どんな捜査をしてたんよ、これまで警察は……」

「それを言われると、面目次第もないと、大阪府警の捜査担当警部が、平謝りに謝っていましたよ」

「馬鹿ばかしい。謝っても、どうなるわけでもないのやからね」

「おっしゃる通りです。とにかく手がかりが、ほとんどないので、もうお手あげだって……そう言ってましたよ、担当警部は……」

「情けない話やね。この三か月間、捜査チームは、どこをどのようにして捜しまわったんやろうか？」

「そりゃまあ、いろいろと手がかりを求めて、駆けずりまわったんでしょうけど……いずれにしても、三か月もの間、皆目、行方がわからず、何ひとつ手がかりが見つからないところから判断すると、もはや生きている可能性は乏しいんじゃないかと……率直に言わせてもらえば、そう考えるよりほかないと警部は言うんです。いずれにしても、例のホルマリン漬けの耳は、血液型から考えて、三宅田鶴子裁判官のものである可能性を否定できないんです。担当警部は、そう言ってました」

「ちょっと待ってよ。なぜ、三宅田鶴子裁判官が殺害され、耳を切断されなければならへんの？」

と風巻やよいは、残酷な犯人への怒りを叩きつけるような調子で言った。

するとと、石橋警部補は、まるで、そのことが自分の責任であるかのように申しわけなさそうな顔をして、

「三宅裁判官の血液型は、AB型なんですよ。これはわかっているんです。一方、ホルマリン漬けの耳もAB型です。このタイプの血液型は、日本人では、決して多くはありませんからね」

「あきれた。それだけの理由で、あれが三宅裁判官の耳やなんて……飛躍もええところやわ。確実な証拠にならへんのやから……」

「いや、まだあるんですよ、検事さん」

「何やのん？」

「例のイヤリングです、『正義の天秤』の……」

「『スケール・オブ・ジャスティス』のイヤリング？……」

と言って、彼女はハッと胸に手をあてて、

「そういえば、思い当たるふしがあるわ。三宅裁判官は、ハーバードのロースクール出身で、ニューヨーク州弁護士の資格があり、アメリカ法曹協会《バーアソシエーション》のメンバーでもあるんよ。あのイヤリングも、多分、そこらあたりのことが関係してるんやないかしら？」

「担当警部も、同じことを言ってました。いろいろ聞き込みをしてみたところ、三宅裁判官が、昨年秋にニューヨークで開かれたアメリカ法曹協会の年次総会に出席したとき、会場のバザールで、あの純金製のイヤリングを買ったというんですが、たいへんなお気に入りで、法廷に出るときも、しばしば、あのイヤリングを耳につけていたって……」

「それだったら、私にも覚えがある。一、二回、見たことあるもん。すると、やっぱり？」

風巻やよいは、ぞっと背筋が寒くなった。

「検事さん。法医学専門家の鑑定によりますと、例の耳は、どうやら生きているうちに切断したんじゃないかと……なぜなら、あれには生活反応がみられたそうですから……」

「まさか、信じられへんわ、そんなん……なんで生きてる人の耳を切ったりしたんよ」

風巻やよいは、目眩《めまい》のような衝撃に見舞われ、目の前が真っ暗になった。

石橋警部補も暗い顔つきになって、

「担当警部の言うところによると、十中八、九まで怨恨《えんこん》だろうって……」

「怨恨？　それはないのと違う？……三宅裁判官は、人に恨みを買うような人やないもん。とは言っても、私としては、あの人と個人的に親しく付き合っていた間柄やないので、自信はないけど……」

「検事さん。三宅裁判官は、刑事事件の被告人に厳しい判決を下すことで有名だったそうじゃありませんか？　そこらあたりの事情が関係してるんじゃないかと担当警部は言ってますが……」

「確かに、三宅裁判官は、ことのほか正義感の強い人やけど、決して過酷な判決を下したりは、しなかったわ。温情判決を下したこともあったんやから……」

「そうかもしれませんが、逆恨《さかうら》みってこともありますからね」

「それやったら、三宅裁判官に恨みを抱く犯人が彼女をつかまえ、どこかへ連れこむとかして、生きたまま耳を切り落とし、復讐《ふくしゅう》を遂げたとでもいうのん？」

「警部は、そう考えているらしいんですよ。なぜなら、三宅裁判官がこれまでに扱った事件の記録を片っ端から調べあげ、容疑者になり得る怪しい人物をリストアップしてるそうですからね。生きているうちに耳を切り落としたのは、そのためだって……」

「そのためとは？」

風巻やよいは、意味がよくわからず、眉をひそめた。

石橋警部補は、いかにも言いづらいらしく、口ごもりながら、

「断っておきますが、これは私の意見じゃないんです。水上《みなかみ》警部の意見なんですが……」

「担当警部のことなんやね？　水上警部というのは……」

石橋警部補は、うなずき返しながら、

「生きているうちに耳を切り落としたのは、おそらく、三宅裁判官が被告人の話を聞く耳を持たなかったから、その罰としてやったんだって……つまり、こうですよ。『貴様は、被告人の言い分を聞こうともしなかったんだから、貴様には耳なんか必要ないんだ。だから、こうしてチョン切ってやる』と……検事さん。言っておきますけど、これは水上警部の意見であって、私の意見じゃないんです」

そう言ってから、石橋警部補は、風巻やよいの顔色をうかがうように、上目づかいに彼女を見つめる。

考えてみれば、あり得ないわけではなかった。

「貴様は、おれの言い分を聞く耳持たなかった。だからチョン切ってやる」というので、残酷な犯行を企て、実行したとすれば、三宅裁判官が過去に判決を下し

た事件を片っ端から調べあげ、そのなかから容疑者を見つけるという操作方法は、確かに筋が通っている。

しかし、過去に扱った事件といっても、どこまで過去を遡《さかのぼ》ればいいのか。その関係の公判記録だけでも膨大なボリュームになる。

もし、この捜査方法が、的外《まとはず》れだったなら、水上警部はどうするつもりなのか。これまでの捜査方法をあらため、考え直して、最初から捜査をやり直さなければならないだろう。

それを思うと、水上警部の労苦は、一通りのものではないに違いない。

とりわけ、三宅裁判官が耳につけていたイヤリングが、こともあろうに「正義の天秤《スケール・オブ・ジャスティス》」であるのを犯人は知っており、そのイヤリングつきの耳をわざわざ送ってよこしたのは、いかにも皮肉めいている。要するに犯人にしてみれば、三宅裁判官こそ正義の天秤とは程遠いアンフェアな裁判官だというわけだ。

察するところ、犯人みずからが、三宅裁判官を正義の天秤にかけ、耳を切り落としたあと、殺害したのではないかとも思われなくはない。

それにしても、なぜ、そのようなイヤリングつきの耳を、わざわざホルマリン漬けにして、検察庁へ送ってよこしたのか。

いや、あの郵便小包は、検察庁宛《あて》に送られてきたのではなく、風巻やよい宛になっていた。

（なぜ、この私に……）

彼女は、暗澹《あんたん》とした気分に陥った。

「検事さん。どうかされましたか？　気分でも悪いのでは……」

と石橋警部補は、堅く口を結んだまま考えこんでいる風巻やよいを心配そうに見つめる。

ここは、宇治平等院《びょうどういん》の境内で、いまは薄紫の藤の花が華麗に咲き誇り、藤棚の下のピンクや白のツツジに照り映え、艶《あで》やかなコントラストを織りなしていた。

境内のベンチに座り、その様を眺めていると、彼女の暗い心も、いくぶんは晴れてきた。

ウィークデーだったから、観光客の姿もまばらで、疲れた心を癒《いや》すには絶好の憩いの場所である。

実のところ、今日の午後、彼女は別件の公判に立ち会ったあと、傍聴人席に座って自分を待ってくれていた石橋警部補に誘われ、ここへやってきたのだ。

もちろん、石橋警部補の用件は、郵便小包で送られてきたイヤリングつきの耳について、捜査の経過を報告するためである。

彼女は、ベンチに並んで座っている石橋警部補を振り向いて、

「石橋さん。仮に、この事件が水上警部の推測通りだったとすれば、三宅裁判官の死体が、人知れず、どこかに遺棄されているんやないやろうか？　それとも、耳を切り落とされたあとも、生きたまま、ひそかに監禁されてるのかもしれへんわね。そんな想像はしたくないけど、このさいやから、考慮に入れておかないと……」

「そうです。水上警部は、チームのメンバーを動員して、その関係の捜査もやらせていると言っていました。何しろ、三か月間も、ようとして行方がしれないんですから、実に不可解な事件です」

「石橋さん。三か月前に三宅裁判官の行方がしれなくなったときの状況は、どんなん？」

「私が聞いたところでは、こういうことなんですよ。当日の午後三時半ごろだったらしいですが、三宅裁判官が裁判所の玄関を出て、歩いていく後ろ姿を警備員が目撃しています。それを最後に行方が知れなくなっているんです」

「それ以後、足取りがわからへんの？」

「そうなんです。そのまま帰宅していません」

「どこに住んでいたんやろう？　三宅裁判官は……」

「枚方《ひらかた》市です。家族はおらず一人住まいでした」

「まあ。それは知らんかったわ。結婚してないの？」

「十年前にご主人が病死したそうです。病名は聞いていませんけど……それ以来、ずっと独身なんです。息子とか娘もいません」

「それは寂しいわね。何歳になるんやろう？」

「当年五十二歳です。掃除やら洗濯やらは、通いのお手伝いさんにまかせていたそうですよ。勤務時間は、午前十時から午後四時までだとか……」

「それやったら、失踪《しっそう》当日、そのお手伝いさんは三宅裁判官の顔を見ていないわけ？」

「そういうことになりますね。要するに、毎朝、三宅裁判官が裁判所へ出勤したあと、そのお手伝いさんが家事のまかないに三宅裁判官宅へ通ってくるわけでして、午後四時には仕事を切りあげて帰宅します。だから常日頃《つねひごろ》、互いに顔を合わせる機会も乏しいんですよ。そんな事情で、失踪当日は言うにおよばず、その翌朝に、お手伝いさんが出勤したさいにも、家のなかは蛻《もぬけ》の殻《から》でした。そればかりか、前日に、三宅裁判官が帰宅した様子もないので、これはちょっとおかしいと思いながらも、その日は引きあげているんです」

「でも、たった一日、家をあけたからって、どうということもないのと違う？　出張とかで家をあけることもあるやろうし……」

「お手伝いさんが言うには、これまでの例からいって、出張や何かで家をあけるときは、必ず事前に連絡があったんです。しかし、今回は、何の連絡も受けていないので、不審に思ったんですが、プライバシーに関わることかもしれず、お節介をやくのはよくないと考え直し、そのまま帰宅したと言っています」

「すると、ただごとじゃないと考え始めたのは、いつのこと？」

「失踪したのは、金曜日のことなんですが、日曜日はお手伝いさんが出勤しません。しかし月曜日の朝になって、お手伝いさんが出勤したときにも、あいかわらず、家のなかはきちんと整頓《せいとん》されたままで、ずっと雇主が帰宅した形跡がないのを知り、急に胸騒ぎをおぼえ、とりあえず裁判所へ電話をしているんです」

「何と言って裁判所へ電話を？」

「彼女は電話に出た裁判所書記官に、こう言っています。『私、三宅さまの家事を仰せつかっている者です。私用で申しわけありませんけど、ちょっと三宅さまのご指示を仰ぎたいことがありますので、電話をかわっていただけませんでしょうか？』と……」

「まあ。なかなか賢い人やね。そういう口実なら、何事もなかった場合、お手伝いさんの取り越し苦労だったなんてことになり、三宅裁判官の迷惑にはならないやろうしね」

「そうなんです。実に気の利くお手伝いさんです」

「それで、どうなったの？」

「どうもこうもありませんよ。月曜日の朝、三宅裁判官が出勤してこないので、どうしたんだろうと、書記官も気になっていたんです。そこへお手伝いさんから電話があり、これはおかしいというので、だんだん騒ぎが大きくなったわけです」

「なるほどね。ところで郵便小包のことなんやけど、送り主は『有限会社大阪スクロール』となっていたわね。もちろん、そんな会社は存在しないんよ。法人登記簿にも登載されていないし……」

「そうです。もっとも事実上の会社というか、未登記の企業かもしれないと思って、念のために調べさせましたが、やはり架空の法人名だってことがわかりました」

「つまり匿名の郵便小包なんよね」

「はい。郵便小包の包装紙やホルマリン漬けの容器なんかも、鑑識課で調べさせましたが、犯人の特定に結びつく明瞭な指紋は一つも見つかっていません。当然といえば、当然でしょうが……検事さん。それから、ホルマリン漬けの耳ですけど、切断されたときには、生活反応があったという忌まわしい事実が法医学鑑定の結果として判明しているんですが、もう一点、切断時期についても鑑定の結果が出ているんですよ」

そう言いながら、石橋警部補は、警察手帳のページを繰っていたが、やがて顔をあげると、

「切断時期ですが、ほぼ三か月以前だという所見が出ています」

「それやったら、三宅裁判官が失踪した直後に耳を切られたってことになるやないの？」

「その通りですよ、検事さん。生きているうちに耳を切られた三宅裁判官が苦痛に耐えかね、絶叫する声が聞こえてきそうな気がします。お気の毒に……」

「石橋さん。やめてよ、そんな話……聞かされるだけでも、身を切られるような

思いがするわ」

「すみません。よけいなことを言って……」

と石橋警部補は、申しわけなさそうに、ちょっと首をすくめるようにして、

「とにかく、耳のない死体が発見されるのは、時間の問題じゃないかと思うんです。なぜかというと、たとえ生きたままで耳を切り落としたとしてもですよ、苦痛にうめく女性をいつまでも監禁しておくなんて、いかに残酷な犯人でも、ちょっと無理なんじゃないかと思うんです。となると、いまごろは、死体になっている可能性が大です。例えば、人里はなれた山中に埋めるとか、どこかの海岸に投棄するとか……」

「それとも、もっと手軽な手段で死体を始末したかもしれないし……」

「なるほど」

と石橋警部補は、うなずき返して、

「ところで、例の匿名の投書ですけど、その後の捜査の経過を報告しておきます」

そう言って、石橋警部補は、警察手帳に視線を落として、

「残念ながら、犯人検挙に結びつく明瞭な指紋は何ひとつ見つかっていないんで

す。文章の特徴やワープロの文字のパターンなんかから、容疑者を絞りこむことも不可能だってことがわかりました。ただ一つ、犯人像については、手がかりが残されていまして……」

「ちょっと待ってよ。投書の主は、過去に私が弁護士の寺島周二さんと親しい間柄だったのを知っている人物に違いないわ。そこから犯人を絞りこむよりほかないのんと違う?」

「いや、そのことを知っていてもですよ、今回の事件の公判を担当するのが、風巻検事さんだなんて、どうして犯人にわかったのか。ポイントは、ここですよ」

「それは言えるわね。これまでの三回の匿名の投書は、いずれも第一回公判が開かれる前に文面を作成し、投函してきたんやから、おそらく犯人は、その段階で、情報をキャッチしていたと思うのよ」

「同感です。公開の法廷で審理がはじまった場合、誰が立ち会い検察官なのか、一般の傍聴人にもわかります。廊下の掲示板には、立ち会い検察官の名前が記載されますしね。しかしですよ、公判が開かれる前の段階に、どのようにして犯人は、そのような情報を入手していたのか、ここらあたりのことが、容疑者を割り出す手がかりになると思うんです」

「そうやわね。私が立ち会い検察官やなんて、公判前に知ることのできる人物は限られてるわ」

「そうです。世間一般の人たちには、わからないことなんですから……第一回公判が開かれたあとだったら、誰にだってわかるでしょうけど……」

「でも被告人にはわかっているわね。拘置所にいる被告人にあてて送達される起訴状には、『検事　風巻やよい』と記載されているんやから……」

「同時に、弁護人にもわかります」

「ちょっと待ってよ。いま、ふと気づいたことなんやけど、被告人の栗山昌雄にしろ、弁護人の青山まどかにしろ、もし私が弁護士の寺島周二さんと過去に親しい間柄だったのを知っていれば、匿名の投書を出すことができたわけよ」

「それですよ、検事さん。被告人の栗山昌雄は、寺島弁護士の事務所に出入りしていたんだから、何かの機会に検事さんと親しい間柄だってことを小耳にはさんだのかもしれませんよ。何しろ、やつは私立探偵ですからね。何かにつけて早耳です」

「石橋さん。言っとくけど、被告人の栗山昌雄が寺島弁護士のところへ出入りするようになったのは、私が彼と別れてからあとのことなんよ」

「だとしても、検事さんと寺島弁護士とのことを、どこかで小耳にはさんだかもしれないじゃありませんか。それを弁護人の青山まどかが聞いて、誰かに匿名の投書を書かせたとか……いや、青山まどか自身が書いたのかもしれないし……」

「しかし何のために？　そんなことをしたって、青山弁護人や被告人の栗山昌雄には、何のメリットもないのと違う？　単なる私への嫌がらせならわかるけど……」

「嫌がらせかもしれないですよ」

「でも被告人の栗山昌雄は、逮捕されて以来、ずっと勾留中なんよ。あんな匿名の投書は出せないわよ。拘置所から発送される郵便物は、すべてチェックされるんだから……弁護人の青山まどかにしてみても、匿名の投書を出すなんて、そんな面倒なことをしないと思うわ」

「そうでしょうか。青山まどかは、風巻検事を嫌っているんじゃありませんか？」

「だからって、何も匿名の投書なんか……」

「嫌ってるから、誰かと交代させようと謀ったとか……実際のところ、検事さんは、この事件の公判の立ち会いを辞退したいと本庁へ申し出られたんでしょう？　それだって匿名の投書が気になるからじゃありませんか？」

「それは違うわ。私の良心が許さないからよ」

「しかし、そこが弁護人の青山まどかの狙いだったのかもしれませんよ」

「さあね。青山まどかなら、むしろ法廷で堂々と検察側と対決するのを望むんじゃないかしら？　そのほうが弁護士としても、やり甲斐があるんやから……だって、あの人、法廷では闘志満々なんよ」

「何はともあれ、短期間に三回も匿名の投書を送りつけるなんて異常ですよね」

「石橋さん。そんなことより、私が一番気にしてるのは、二つの事件の関連性なんやけど……つまり匿名の投書とイヤリングつきの耳を送ってきたこととの関連性よ」

「いや、私もそのことを考えていたんですが、結論が出ないんです。関連性があるようにも思えるし、そうでないようにも思えてきて……」

「とにかく石橋さんの意見を聞かせてよ」

「自信はないんですが、匿名の投書を送りつけた犯人の狙いは、やはり検事さんへの嫌がらせだったとしか思えないんです」

「そうだとしても、郵便小包で三宅裁判官の耳を私あてに送ってきたのは、それとは違うわ」

「別人だとおっしゃるんですね？」

「別人かどうかはさておき、私は、三宅裁判官とは特別に親しい間柄ではなかったんやもん。私のところへ、あの郵便小包を送ってよこした理由が見当つかへんのよ」

「なるほど。それはわかりますが、ホルマリン漬けの耳にしても、風巻検事さんへの嫌がらせだと考えれば、筋は通ると思いますがね。匿名の投書だって嫌がらせなんでしょうから、二つの事件は、その点で動機が共通しています」

「それは、ちょっと違うんやない？　私に限らず、仮に石橋さんでもよ、イヤリングのぶら下がった人の耳をホルマリン漬けにして送ってこられたら、薄気味悪いし、何よりも怖いわ。つまり嫌がらせとしての効果は、誰に対しても同じだってことよ」

「そりゃまあね。私にしてみても、あんなものを送ってこられたら、ゾクッとしますからね」

「嫌がらせだとしても、なぜ、私あてに送ってよこしたのか。何か、もっと深い意味があると思うんよ」

「深い意味とおっしゃいますと？」

「そこまではわからへんわ、いまのところはね……もしかすると、弁護士の寺島さんが殺された事件と、三宅裁判官のものと思われるホルマリン漬けの耳とが、どこかでつながっていて、しかも私との関係でも何かの糸で結ばれている。そんな気もするんやけど……何だか雲をつかむような話やね」

と風巻やよいは、われながらおかしくなり、声をあげて笑った。

石橋警部補も肩を揺するようにして笑う。

ふと彼は、腕時計に視線を落とすと、

「おや、もうこんな時刻に……実を言うと、興聖寺《こうしょうじ》の住職に用があるんです。ちょっと聞きたいことがあって……検事さん。とりあえず、今日はこの程度にしておきましょう。検察庁へお戻りになるんでしょう？　私が車でお送りしますよ。そのあと興聖寺へまわりますから……」

「興聖寺だったら、私も行ってみたいわ。多分、参道の両側に山吹《やまぶき》が咲いているころやと思うんやけど……平等院の藤やツツジが咲くのと、同じ時期に山吹が黄色い花を咲かせると聞いていたから……」

「それだったら、ご一緒しましょう。私の用事は、ほんの二十分ぐらいですむんです。その間、参道の山吹を見物しながら待っていてください。さあ、どうぞ」

「ありがとう。お願いするわ」

と言って、彼女は立ちあがった。

2

次回公判期日が到来した。

どういうわけか、この日の法廷は、いつもと違って報道関係者の姿が目立つ。一人の弁護士が殺されたという、ただの殺人事件にすぎないのに、こうも多くのマスコミ関係者が押しかけてくるのは、ただごとではなかった。

風巻やよいは、不審の念を抱き、法壇の下に座っている裁判所書記官のそばへ寄って、こっそり聞き出そうとしたが、その書記官は、首をかしげるだけだった。廷吏《ていり》にも同じことを聞いてみたが、「いや、私もヘンだなとは思うんですが……」と曖昧な答えしか返ってこない。

そうこうするうちに、久米川裁判長ら三人の裁判官が登壇し、証人尋問の手続きが開始された。

久米川裁判長は、弁護人席の青山まどかを振り向いて、

「弁護人。証人の植田浩一《うえだこういち》さんは、出頭していますか？」

「はい。私が同行し、傍聴人席に待機してもらっています」

青山まどかが答えると、傍聴人席の後ろのほうで三十五、六歳のスーツ姿の男が腰を浮かせた。

それを見て、久米川裁判長は、

「植田浩一さんですか？」

「はい。私が植田浩一です」

「では証人席へどうぞ」

「はい」

とうなずいて、植田浩一は、傍聴人席を出ると、すでに用意されている証人席に立った。

浅黒い卵形の容貌、中肉中背。街なかを歩けば、どこでも見かける、ありふれた印象の男である。

彼は、久米川裁判長に指示されて宣誓書を朗読し、それに署名捺印した。

「それでは、いま宣誓したように真実を述べるように……記憶に反する証言をすると、偽証罪として処罰されるおそれもありますので、注意してください」

久米川裁判長に説諭され、植田浩一は、大きくうなずき返しながら、

「わかっております」

と明瞭に答えた。

植田浩一が証人席の椅子に座ると、久米川裁判長は、弁護人席を眺めやって、

「弁護人、主尋問を……」

「承知しました」

と青山まどかは立ちあがった。

彼女は、手にしたメモから顔をあげると、証人席の植田浩一を見つめながら、

「あなたの職業について、先程、裁判長から人定質問があったとき、会社員とお答えになりましたが、具体的にいうと、どういうお仕事を?」

「『大阪セントラル調査事務所』につとめています」

「そこは、どういう業務を営んでいるんですか?」

「一般の企業や弁護士から依頼され、いろいろな調査をするのが業務内容です」

「そのような調査会社は、ほかにもあるんですか?」

「もちろんありますが、わが社は、関西では最大手でして、調査内容にも信頼性があると高く評価されています。もちろん調査費も、それなりの金額のものをい

ただいてはおりますが……」

「植田さん。調査費のことまで私は聞いていません。よろしいですか？　聞かれてもいないのに、よけいなことをつけ加えて証言しないでください」

「わかりました。申しわけありません」

植田浩一は、恐縮したように久米川裁判長を上目づかいに見つめながら、ちょっと頭を下げる。

しかし久米川裁判長は、あいかわらずポーカーフェースのままだ。

風巻やよいは思った。

いましがた、調査費用が高くつくという意味のことを植田浩一が、うっかり口に出したものだから、これはまずいと思って、青山まどかは、釘《くぎ》を刺したのだ。

なぜ、まずいと思ったのか。言うまでもなく、多額の調査費が、いったい、どこから出たのか、その点に検察側が興味をもち、調査の対象にされるのを恐れたのである。

実際のところ、いったい誰が多額の調査費を被告人の栗山昌雄のために都合してやったのか。風巻やよいは、そのことに強い関心を抱いた。

青山まどかは質問をつづける。

「ところで、被告人の栗山昌雄をご存じですか？」

「面識はあります。同業者ですから……しかし、親しく付き合ったことは一度もありません」

と植田浩一は答え、ちらっと被告人席を見やった。

被告人の栗山昌雄は、面映《おもは》ゆげに視線を伏せる。

青山まどかは言った。

「植田さん。最近、あなたは本件の事実関係について、調査の依頼を受けましたね？」

「はい。青山先生から依頼を受けております」

やはり、そうだったのかと風巻やよいは納得した。

しかし、調査費の出所は、それとは別である。

被告人の栗山昌雄は、日常の生活費にも困り、弁護士の寺島周二宅へ金の無心に出かけたくらいだから、多額の調査費を工面することなど問題外だ。

弁護人の青山まどかが植田浩一に調査を依頼したのはわかるとしても、彼女が自腹を切って調査費を都合したとは考えられない。

となると、どこかに黒幕がいるはずである。

その黒幕が何者か、それを突きとめる必要があると風巻やよいは思う。

青山まどかは、質問をつづける。

「植田さん。では、今回、あなたが本件について、どの程度の調査をしたのか、まず、そのことを証言してください」

「はい。調査に要した日数は、まる十日です。私とアシスタントの二人がかりで調査をしました」

アシスタントの協力を求めれば、そのぶんだけ費用が高くつくのは当然である。しかも、十日間に及んで、ベテランの調査員とアシスタントを本件調査に専念させたというのだから、金に糸目をつけずにやらせたものと察せられる。

青山まどかは質問をつづけた。

「調査の方法は、どのようなものでしたか？」

「まず被害者の寺島周二宅近辺の聞き込みです。事件発生当時、一一〇号室付近で怪しい人影を見なかったか、その点について念入りに聞き込みをやりました」

「ほかには？」

「一一〇号室の屋内を隅から隅まで調べ直しております」

「そのための調査に何日間を要しましたか？」

「五日間でした。全調査日数の半分を一一〇号室の調査に費やしたわけです」

「一一〇号室の調査というと、具体的に、どのようなことを？」

「屋内の各部屋を隅々まで調べました。天井板をはずしたり、床下へ潜りこんだり……警察は、そこまでは、やっていないはずです」

「ちょっと待ってくださいよ。一一〇号室は事件現場ですから、そのころも警察の管理下にあったのではないですか？」

「いえ。本件被告人が起訴され、公判が始まったころに警察の管理が解かれ、家主が管理を引き継いでいます。警察としては、現場の捜査が完了し、写真を撮影するなど、証拠保全の措置をとったあとには、なるべく早い時期に管理を解いて、家主の管理に戻してやらなければならないわけです。家主としては、新しい入居者を募集しなければなりませんから……」

「すると、あなたが調査を行ったときは、まだ新たな入居者が決まっていなかったわけですか？」

「というより、家主としては、当分、空き家にしておくよりほかないと言ってました」

「なぜですか？」

「一一〇号室で事件が起こったことは、マスコミも報道していましたし、近所の人たちは、みんな知っていますので、入居希望者が一人もあらわれないんです。薄気味悪いとか言って……家主は、こぼしていましたよ、たいへんな損害だって……もちろん、屋内の畳や建て具なんかも、まだ取り替えてはいませんでした。新しい入居者が決まれば、取り替えるつもりのようですが……」

「それでは、十日間に及ぶ調査の結果、本件犯罪事実に結びつくような証拠が発見されましたか？」

「はい。有力な証拠が、いくつか見つかっています」

「その中で、最も有力な証拠として、どういうものがありますか？」

「二つあります。一つは、聞き込みの結果によるものです」

「といいますと？」

「事件当日、つまり三月八日、午後十時十五分ごろ、一一〇号室へ入っていく人影が目撃されています」

「なるほど。それは重大な事実ですね。目撃した人物は誰ですか？」

「同じ団地の住人です。たまたま勤め先から帰宅する途中に、目撃したと言っています」

「警察としても、付近の聞き込みを行ってはいますが、そういう目撃者には行き当たっておりません。ところが、警察の捜査員でもないあなたが、その目撃者を見つけたのは、どういうわけでしょうか？」

「われわれは、警察と違って、おざなりな調査はしません。依頼人から高額の調査費をいただいていることでもあり、誠心誠意、調査活動をやります。その結果、問題の目撃者に行き当たったわけです」

「すると、警察の聞き込みは、いいかげんだったんですね？」

「はい。少なくとも、不充分な捜査だったことは間違いないと思います」

「その目撃者ですけど、氏名を明らかにしてください」

「電機メーカーの総務課長で、小林《こばやし》弘《ひろし》、五十六歳です。当夜も、会社の仕事で帰宅が遅くなり、午後十時十五分ごろ、帰宅途中に一一〇号室付近を通りかかり、その人影を目撃したわけです」

「小林弘さんという目撃者は、その人影を何だと思ったんでしょうか？」

「ただの訪問者にしては、様子がおかしいと思ったとかで……それで覚えているんだそうです」

「様子がおかしいとは？」

「具体的にいうと、きょろきょろしながら、周囲の様子をうかがい、恐る恐るドアのノブに手をかけ、ゆっくりと手前に引くのが見えたとか……ですから、小林弘さんは、もしかすると泥棒じゃないかと、ふと思ったんですが、関わり合いになるのが嫌なので、そのまま帰宅したと言っています。考えてみれば、冷淡な態度ですが、彼が言うには、仕事で疲れていたこともあり、早く帰って休みたいという気持ちでいっぱいだったと言っています」

「無理もありませんわね。ところで確認しておきますが、その怪しい人影は、ドアのノブを、ゆっくりと手前に引いた。そして部屋へ入った。こういうことでしょうか？」

「そうです」

「男女の別は、ついたんでしょうか？」

「いいえ。後ろ姿だったし、季節がら、コートのようなものを着ていたのは確かだと言っています」

「スラックスだったか、スカートだったか、その点は？」

「それはよくわからないと言っています」

「ほかに聞き込みの結果として、何かつかめましたか？」

「いいえ。聞き込みの成果として有力なものは、それだけです。しかし、もう一つ、真犯人に結びつく決定的な証拠が見つかりました」

「そのことを証言してください」

と青山まどかは、このとき会心の笑みを浮かべながら、意味ありげに検察官席の風巻やよいを見つめる。

(何なのよ。その思わせぶりな態度……)

風巻やよいは、胸のなかでつぶやきながら、青山まどかを睨み返した。

植田浩一は言った。

「その証拠というのは物証です。純銀製のブローチなんですよ」

「すると、女性のものですね?」

「そうです。木の葉の形をしたブローチで、デザインそのものは、そんなに特徴的ではありませんが、ブランド物です」

「ブランド名は?」

「エルメスです」

「エルメスのブローチなら、どこの店で購入されたものか、調べればわかるんじゃありませんか?」

「それも調べました。大阪の『三島屋』デパートの外商部に記録が残っていました。ちょうど四年前のことです」

「すると、買った人もわかりますね？」

「わかっています。意外なことに、購入したのは、本件被害者の寺島周二さんでした」

「まさか、寺島周二が自分のアクセサリーとして購入したはずはないと思いますが、どうですか？」

「もちろん、女性にプレゼントするために購入しているんです」

「どうして、わかるんですか？」

「外商部の担当者に会って聞いたところ、恋人にプレゼントするんだと寺島周二さんが言っていたとか……」

「なるほど。そうしますと、四年前に寺島周二と恋愛関係にあった女性にプレゼントされた。そういうことでしょうね？」

「はい」

「では、寺島周二の恋人で、問題のブローチをプレゼントされた女性が誰であったか、見当がつきますか？」

「つきます。ブローチの裏側にローマ字で女性とおぼしき人の名前が刻まれ、その人へ愛をこめて贈るという文字も刻まれています」

弁護人の青山まどかは、うなずき返すと、久米川裁判長のほうへ向き直って、

「裁判長。問題のブローチを弁護側の証拠として提出したいと考えますが、いかがでしょうか？」

「よろしいですよ。ただし、まず裁判所に示してからにしてください」

「もちろん、そのつもりです」

と言って、青山まどかは、透明ビニール袋に入ったブローチらしいものを手にして弁護人席を離れ、法壇の下に座っている裁判所書記官のデスクの上にそれを置く。

裁判所書記官は、腰を浮かせ、久米川裁判長にそれを手渡した。

法壇の上で、三人の裁判官が順次、ビニール袋に入れたままのブローチを手にとり、詳細に見分している。

やがて、そのブローチは、裁判所書記官を通じて青山まどかに返された。

青山まどかは、そのブローチを検察官席へ持参して、

「検察官にも、あらかじめ見ていただきます」

と思わせぶりな顔をして言った。

風巻やよいは震える手で、それを受け取り、裏を返したりしてチェックした。

(やっぱり……私のブローチだわ。でも、どうして、これが現場に?)

彼女の胸中で、潮騒《しおさい》のように血が騒いでいた。

顔面にべっとりと薄い膜が張りついたような感じで、自分の表情までが強張《こわば》っているのがわかる。

「検察官。見ていただけましたね?」

と言って、青山まどかは、じろりと意地の悪い目つきで風巻やよいを見つめる。

青山まどかの卵形の顔には、小気味よさそうな薄笑いが浮かんでいた。

「ええ。拝見しましたわ」

と風巻やよいは、低い声で答える。

「では、これを証人に示します」

と言って、青山まどかは、そのブローチを証人席の台の上に置いて、

「よく見てください。あなたが現場付近で見つけたブローチは、これですね?」

「はい。間違いありません」

植田浩一は、そのブローチを手にとり、チェックしてから、そう答えた。

ブローチのことが法廷へ持ち出されたとたんに、傍聴人席の最前列に座っているマスコミ関係者の間に緊張感が走った。気忙しげにメモをとる彼らの姿が、風巻やよいの目に飛びこんでくる。どうやら彼らは、そのブローチの由来などについて、あらかじめ情報を提供されていたらしい。情報の提供者は、青山まどかに違いない。

弁護人の青山まどかは、ますます調子づいてきた。自分でも興奮しているらしく、口早に質問する。

「植田さん。このブローチの裏を見てください。プレゼントされた女性の名前なんかが刻まれていますね？」

「はい」

「何と読めますか？」

「『ＹＡＹＯＩ・Ｋへ愛をこめて』と、そのように読めます」

「つまり生前の寺島周二が、四年前にＹＡＹＯＩ・Ｋという女性への愛のあかしとして、このブローチをプレゼントした。こういう事実がわかりますね？」

「その通りです」

「では、このブローチをどこで発見したか、それについて証言してください」

「はい。発見した場所は、一一〇号室のベランダの下でした」

「ベランダというのは？」

「説明しますと、一一〇号室の居間《リビング・ルーム》が南向きになっていまして、そこから少し張り出してベランダが造られています。その下で発見したんです」

「その下というと……そこはコンクリート敷ですか？」

「そうです」

「そのコンクリート敷は、空地になっているんですか？　例えば車を停められるとか……」

「いいえ。ベランダの張り出しの端っこから、一・五メートルくらいの間隔をおいて、高さ三メートルくらいのフェンスが設置されていまして、そこから先は休耕地です。だから車を乗り入れるのは困難で、実際のところ迷惑駐車の車も見あたりませんでした」

「それじゃ、その幅一・五メートルくらいの空間は、一一〇号室専用になっているんですか？　つまり、入居者が自由に使えるとか……」

「こういうことなんです。家主に聞いてみると、ベランダに洗濯物などを干した場合、それが風に吹かれて下に落ちたりするので、拾えるように、その程度のスペースをもうけ、その先の休耕地との境界上にフェンスをしつらえたんだと言っていました。ですから賃貸マンションとしては、上出来なほうだと思います」

「なるほど。ところで、休耕地との境界上にある高さ三メートルくらいのフェンスですけど、外部からよじ登るとかして、ベランダに侵入できますか？」

「いま言ったように、ベランダまでの間に約一・五メートル幅の空間がありますので、フェンスによじ登ったとしても、ベランダにたどり着くのは、ちょっとむずかしいんじゃないかと思います。しかし、その気になればできるでしょう」

「つまり犯行計画としては可能であるし、実行も不可能ではない。こういうことですね？」

「その通りです」

「では、一一〇号室のベランダですけど、そこにもフェンスがあるんですか？」

「あります」

「さて、ベランダの下に落ちていた問題のブローチですが、どういう状態で発見されましたか？」

「こういうわけです。ベランダの下のコンクリート敷には、木の葉やゴミがたまっていましたが、それを掻《か》きわけて調べたところ、問題のブローチが見つかったんです」

「かなり以前から、そこに落ちていたんでしょうか？」

「そうだと思います。多分、犯人がベランダから飛び降りるとき、落としたんじゃないかと……それが風に吹かれて飛んできた落ち葉やゴミの間に埋もれていたために、現場を捜索した捜査員が発見できなかったんでしょう。それしかほかに考えられません」

「そのベランダの高さですが、どれくらいですか？」

「メジャーで測ったところ、コンクリート敷の地面から約七十センチの高さのところにベランダの床がありました。その上に、先程申しましたフェンスが、もう一つ、しつらえられています。このフェンスの高さは一・二メートルくらいです。ベランダで洗濯物などを干すときに、誤って下の地面へ転落しないためのフェンスです」

「確認しますが、コンクリートの地面から約七十センチの高さのところにベランダがあり、そこから南へ向けて約一・五メートル幅の空地があるわけですね。さらに、その先に高さ約三メートルのフェンスが設置されている。そのフェンスは、外部から泥棒なんかが侵入しないためのものであり、一方、高さ一・二メートルのベランダのフェンスは、転落防止のためだと……そう考えていいんですね?」

「その通りです」

「もう一つ確かめておきますが、一一〇号室は一階ですね?」

「一階の西端にあたります」

「すると西隣は、どうなっていますか?」

「やはり休耕地です」

「それじゃ、そのマンションは畑に囲まれているわけですか?」

「ええ、まあ、北側を別にすれば、その通りです」

「では北側は、どうなっているんですか?」

「北側には廊下を隔てて窓があり、さらにその北には団地の通路があります」

「通路の向こうは別棟のマンションが建っているわけですか?」

「そうです」

植田浩一は、落ち着きはらった態度で証言していた。

それにくらべて、傍聴人席の最前列に座っているマスコミ関係者の間には張りつめた緊張感が流れ、メモをとる指の動きも、ますます活発になり、熱気のような取材意欲が感じとられる。

風巻やよいは、これは、たいへんなことになったと不安でならなかった。

弁護人の攻撃目標が思いがけないところから、検察官の風巻やよいに向けられつつあった。

弁護人の青山まどかは、主尋問をつづける。

「植田さん。これまでのあなたの証言によれば、犯行当夜、犯人は一一〇号室において寺島周二を殺害後、居間を通ってベランダへ出た。そして、フェンスを二つ乗り越え、戸外へ出て逃亡することもできたんじゃありませんか？」

「先程も言いましたように多少の困難がともないますが、やる気になれば可能です。ただし、その場合だと、ベランダへ出てから、居間のガラス窓を外側からロックしなければなりませんけど……」

「しかし警察の実況見分調書によると、居間のガラス窓は施錠されてなかったことが明らかです。その前提で考えていただきたいのです」

「それだったら、問題なく、弁護人のおっしゃるようなルートで犯人が逃亡することもできたでしょう」

「そのさい、犯人は、先程示したブローチを遺失した可能性もありますね？」

「そうです。多分、ベランダのフェンスを乗り越えるときに、ブローチを落としたんでしょう」

「そのブローチですが、発見したのは、あなた自身ですか、それともアシスタントですか？」

「もちろん私です。調査は、すべて私自身がやっています。アシスタントは、あくまでもアシスタントにすぎませんので……」

「わかりました。では、そのブローチを見つけて持ち帰るとき、特別の注意を払いましたか？」

「言うまでもありません。指紋なんかが残っている可能性がありますので、白い手袋をはめ、端っこをつまむようにして拾いあげ、消毒したビニール袋に入れて持ち帰ったんです」

「持ち帰ってから、どうしましたか？」

「まず、依頼人である弁護人の青山先生に電話をいれ、その指示を仰ぎました」

「そのさい、私がどういう指示をしたか証言してください」

「はい。青山先生の紹介で、阪南医大の法医学教室をたずね、主任教授の田崎幸《たさきこう》次郎《じろう》先生に鑑定をお願いしました」

「何のための鑑定ですか？」

「指紋とか血痕とかの鑑定です」

「田崎教授は、機嫌よく引き受けてくれましたか？」

「はい。『青山先生から頼まれていますので、早速、鑑定にかかります』とおっしゃって……」

「その結果、どういうことがわかりましたか？」

「指紋は検出されませんでしたが、血痕が検出され、血液型も判明しました」

「それについて、田崎教授は鑑定書を作成し、あなたに渡しましたね？」

「はい。その鑑定書を持って、私は青山先生の事務所へ直行し、お届けしました」

「では、その鑑定書を証人に示します」

と言って、青山まどかは、まず廷吏を手招きして呼び寄せ、問題の鑑定書を手渡した。

廷吏は、それを検察官席に座っている風巻やよいの目の前に置く。

彼女は、鑑定書を手にとり、子細にチェックしてから廷吏に返した。

次いで、廷吏は、鑑定書を久米川裁判長のところへ持参した。

鑑定書は、三人の裁判官の間を次々とまわし読みされ、最後に廷吏の手を通じて、弁護人の青山まどかに返された。

彼女は、それを手にとり、乾いた靴音を響かせながら証人席へ歩み寄って、

「植田さん。これが、問題の鑑定書ですね？」

「そうです」

植田浩一は、鑑定書のページを繰りながら答えた。

「詳しいことは省いて、要点だけをうかがっておきます。この鑑定書によれば、ブローチに付着していた血痕の血液型はB型となっていますね？」

「その通りです。寺島周二先生の血液型と同じです」

「ということは、犯人が寺島周二を殺害したさい、返り血を浴びるとかして、ブローチに血痕が飛んだ。そうと知らずに犯人は、ベランダのフェンスを乗り越えて逃亡するさい、ブローチを遺失した。こういう事実が推定されますね？」

「その通りです」

植田浩一は、きっぱりと答えた。

このときの青山まどかの質問は、証人の植田浩一に対して、推測による証言を求めるものではあるが、いまの場合は、例外的に許される。

証人は、みずから体験した事実を前提として、一定の限度内において推測した

事柄を証言することも可能であるからだ。

弁護人の青山まどかは質問をつづけた。

「植田さん。目撃者の小林弘が事件当夜の午後十時十五分ごろ、一一〇号室へ入っていく人影を見たというんですが、そのときのことについて、補充質問したいと思います。まず、その時刻ですが、十時十五分という半端な時刻を目撃者の小林弘が覚えていたのは、どういうわけでしょうか？」

「そのことで、私が本人に質問したところ、こういう答えが返ってきました。小林弘は、このところ、五歳になる孫を預かっており、なるべく孫が眠りにつくまでに帰宅したいと心がけているそうです。しかし、いつもの例だと、午後十時には眠ってしまっているので、その晩も孫の顔を見られないだろうと残念に思ったとかで……せめて、あと半時間、早く帰ることができたらよかったのにと後悔したそうですが……とにかく、そんなことから、一一〇号室付近を通りかかったとき、腕時計を見たんです。それが午後十時十五分だったというわけです」

「なるほど。わかりました」

と弁護人の青山まどかは、うなずいた。

このあと、青山まどかは、二、三の関連事項について質問し、主尋問を終えた。

彼女は、いかにも満足げな微笑を口元に浮かべながら、弁護人席に腰を下ろす。

そして、彼女は、ちらっと底意地の悪い眼差《まなざ》しを真向いの検察官席に注ぎ、ちょっと肩を怒らせるような居丈高《いたけだか》な態度で風巻やよいを見つめている。

久米川裁判長が、法壇の上から風巻やよいに言った。

「検察官は、反対尋問を行いますか?」

「もちろんのことです」

風巻やよいは、勢いこんで立ちあがった。

彼女にしてみれば、身に覚えのない疑いをかけられ、心外でならない。

内心では、悲憤慷慨《ひふんこうがい》していたのだが、つとめて冷静さを装い、表情や態度には出さないように懸命に自制しながら反対尋問の口火をきった。

3

風巻やよいは、証人席の植田浩一に言った。

「植田さん。あなたがアシスタントと協力して、一一〇号室や付近一帯を調査したのは、いつからいつまでのことですか?」

「それは、四月二十四日から五月三日までの十日間です」

「その十日間のうち、何日目に問題のエルメスのブローチを見つけたんですか？」

「七日目でした」

「すると何月何日になるんですか？」

「四月三十日です」

「四月三十日だとすると、寺島周二が殺害されてから何日後になるんでしょうか？」

「さあね。ちょっと待ってくださいよ」

そう言いながら、植田浩一は、天井を眺めながら考えていたが、やがて正面に向き直ると、「あの事件が起こったのは三月八日でしたから……ブローチの発見が四月三十日だとすると、ざっと五十三日が経過していることになります」

「五十三日といえば、ずいぶん長いじゃありませんか？」

「ええ、まあね」

「その五十三日間のうちに、何者かが問題のブローチを発見現場に故意に置いたのかもしれませんね？」

「それはないと思いますが……」

「どうしてですか？」

「どうしてって……事件発生直後から警察が一一〇号室の捜査を行っており、現場は警察の管理下にあったわけですから、何者かが現場へ忍びこんで、こっそり例のブローチを置いたなんてことは考えられません」

「しかし、警察は一一〇号室を封鎖し、二十四時間態勢で監視下においていたわけではないんですよ。しかも被告人の栗山昌雄が起訴された三月三十一日以降、一一〇号室の管理は家主にまかされており、警察は管理していないんです」

「警察の管理に限って言えば、その日の捜査を終え、捜査員が引きあげるとき、一一〇号室に施錠しているんですよ。ですから……」

「ちょっと待ってください。ベランダの下までは、施錠できませんでしょう。そこは、もう戸外なんですから……」

「そうかもしれませんが、ブローチが発見されたベランダの下へは、外部から簡単に侵入できないようになっているんです」

「その気になれば、侵入できるんじゃありませんか？」

「いや、むずかしいと思いますがね」

「おや。主尋問のさいの証言とは違っていますね？」

「いいえ。違った証言はしていないと思いますが……」

「これは驚きました。あなたは、弁護人の質問に対して、こういう意味の証言をしたんですよ。その気になってやれば、できなくはないと……」

「いや、その記憶はありませんけど……」

植田浩一は、ほんとに記憶違いをしているのか、それとも、そらとぼけているのか、そこらへんのことはよくわからない。

職業柄、調査の結果を法廷で証言させられる機会が多いこともあって、こういうことには場慣れしているのだろう。

風巻やよいは反対尋問をつづける。

「植田さん。あなたは先程、このように証言しているんですよ。ベランダには高さ一・二メートルのフェンスがあり、そこから南へ向けて幅約一・五メートルの空地があって、そこには高さ約三メートルのフェンスの仕切りが設置されていると……そして、フェンスのさらに南側は休耕地になっている。そう証言していますね？」

「確かにそのような証言をした覚えがあります」

「やっと正確な記憶が戻ったようですね。その調子で、偽証の疑いを招かないように心がけてください」

と風巻やよいは、皮肉っておいて、

「さて、フェンスの南側は休耕地だそうですが、そのまわりには囲いのようなものがもうけられていますか？　例えば有刺鉄線が休耕地の周囲に張りめぐらされ、外部から侵入できにくくなっているとか……」

「いいえ。そのような囲いはありません」

「では、誰でも自由に休耕地へ入れるわけですね？」

「まあね」

「植田さん。誰でも自由に入れるのか、そうでないのか、重要なことですから、明瞭に答えてください」

「すいません。自由に入れます」

「それでは、まず休耕地へ入り、そこを通って、一一〇号室南側の高さ三メートルのフェンスを乗り越え、ベランダへ侵入することはできますね？」

「そりゃまあ、できると思いますけど……しかし、高さが三メートルもあるわけですから、簡単にはいかないでしょう」

「どういう意味ですか？　簡単にはいかないというのは……」

「三メートルもあれば、人の背丈よりも高いわけですから、フェンスをよじ登るには、それなりの技術が必要でしょう。体操の選手なんかだったら、簡単によじ登れるでしょうけど……」

「踏み台のようなものを使えば、普通の人でも簡単に登れますよね？」

「それは言えるかもしれません」

「では、次の質問に移りますが……いま私が指摘したように、何者かがフェンスを乗り越え、外部からベランダへ侵入し、問題のブローチをベランダの下のコンクリートの地面に、ひそかに置いておく。そして、また、ひそかに立ち去った。こういう可能性もありますね？」

「さあ、どうでしょうか。私にはわかりません」

「植田さん。私がおたずねしているのは、そのようなことが可能か、不可能か、そのことなんです。客観的にみて、その可能性があるのか、ないのか。その点をお答えいただきたいのです」

　風巻やよいは、語気強く言ってのけた。

　すると、植田浩一は、弁護人の青山まどかの意向をうかがうかのように、ちらっと彼女に物問いたげな視線を投げやるが、彼女のほうは、ちょっと渋い顔をして見せただけだ。

青山まどかとしても、裁判官たちが見ている目の前で、植田証人に対して、偽証を教唆することなどできるわけがない。

植田浩一は、こう言った。

「検察官がおっしゃるように、何者かが高さ三メートルのフェンスを乗り越えてベランダへ侵入し、問題のエルメスのブローチをベランダの床下にこっそり置いて立ち去るのは、可能性としては、あり得ることです」

「充分にあり得ることではないんですか？」

「そうかもしれません。いや、おっしゃる通りだと思います」

植田浩一は、やっと肯定的な証言をした。

風巻やよいは、これに勇気を得て、全面的反撃に移った。

「植田さん。では、次の質問に移りますが……事件当日の三月八日、午後十時十五分ごろに一一〇号室へ入っていく不審な人物を見た目撃者がおりますね。その人の氏名を、もう一度おっしゃってください」

「はい。その方は小林弘、五十六歳です」

「そうでしたね。ところで小林弘さんは、なぜ、その人物に不審の念を抱いたんでしょうか？」

「小林弘さんが言うには、その人物が周囲の様子をうかがいながら、恐る恐る一一〇号室のドアのノブに手をかけ、ゆっくりと手前に引いて部屋に入った。それを見て、ただの訪問客にしては様子がおかしいと思ったんだそうです」

「しかし、それだけのことで不審の念を起こしたなんて、ちょっとおかしいんじゃありませんか？」

「さあ、どうでしょうか。とにかく小林弘さんが、そう言ってるんです。もしかすると泥棒ではないかと疑ったりして……」

「周囲の様子をうかがいながらドアのノブに手をかけて、ゆっくりと手前に引いて部屋へ入った。そういうわけですが、一一〇号室の正当な入居者であっても、同じようなことをするんじゃありませんか？　挙動不審と決めつけるのは、行き過ぎではないでしょうか？」

「私には何とも言えません。小林弘さんから聞いた通りのことを証言しただけです」

「小林弘さんが怪しんだ人物は、一一〇号室のドアのキーを所持していたんでしょうか？」

「わかりません。小林弘さんが目撃したのは、恐る恐るドアのノブに手をかけ、ゆっくりと手前に引いて部屋へ入った。これだけのことなんです」

「だったら、すでにドアの施錠が解除されていたからではないですか？　なぜなら、その人物がドアの鍵穴《かぎあな》にキーを差しこむところを小林弘さんは見ていないいんですからね」

「そうかもしれませんし、そうでないかもしれません」

「それとも、一一〇号室の正当な入居者である寺島周二が、その訪問客のためにドアの施錠をはずしてやったのかもしれませんよ。そういう推測も成り立つと思うんですが、いかがですか？」

「そりゃまあ、考えられないわけでもないでしょうけど……」

植田浩一は、風巻やよいの巧みな反対尋問に直面して、主尋問のさいの証言を少しずつ変えようとしていた。

何はともあれ、植田浩一の証言は、小林弘から、このように聞いたというだけの伝聞《でんぶん》にすぎず、根掘り葉掘り追及されると、たちまち矛盾を露呈することになる。

それはともかく、石橋警部補に依頼して、小林弘の目撃談を確認してもらう必要があったが、その前に、弁護人の主尋問のさいにおける植田浩一自身の証言の信用性を厳しくテストしておかなければならなかった。

その観点から、風巻やよいは、反対尋問を続行した。

「植田さん。事件当夜、目撃者の小林弘さんは、どのような交通機関を利用して帰宅したんですか？」

「本件被害者の寺島周二さんと似たようなルートです。つまり大阪の会社のすぐ近くから私鉄に乗り、城南駅で下車したんです」

「いつも、そのルートで帰宅するんですね？」

「そのように言ってました」

「城南駅で下車したあとは、どうするんでしょう？」

「城南駅から団地の入り口付近までは、バスかタクシーを利用します」

「事件当夜は、バスですか、それともタクシー？」

「タクシーです。帰宅が遅くなったからだと言っていました」

「タクシーを降りてからは、もちろん自宅まで歩いたんでしょうね？」

「そうです。百五十メートルそこそこの距離ですから……」

「すると、小林弘さんが腕時計を見たのは、その百五十メートルばかりを歩いて帰宅する途中のことですね？」

「そうです」

「歩きながら、腕時計を見たんですか？」

「そのようでした」

「実際に腕時計の文字盤が見えたんでしょうか？」

「ええ、まあ、見えたから時刻がわかったんでしょうけど……」

「暗くて見えなかったんじゃありませんか？」

「そんなことはないと思いますが……私には、午後十時十五分だったと言ってましたので……」

追及していくと、植田浩一の証言が、だんだん曖昧なものに変わっていくのがわかる。

風巻やよいは、追及の手を緩めなかった。

「小林弘さんが腕時計を見たのは、タクシーを降りてから、どれくらいの距離を歩いたあたりだったんでしょうか？」

「タクシーを降りて、すぐのことだと思います」

「タクシーを降りて、すぐに？　そこには、街灯のようなものがあるんでしょうか？」

「いいえ。そこにはありません。私が実際に確認しましたので間違いないんです」

「ヘンですね。街灯もなく暗い場所で腕時計を見るなんて……植田さん。あなたは、小林弘さんの腕時計が暗い場所でも時刻のわかる夜光文字盤つきのものか、どうか。その点を確かめましたか？」

「いいえ。そこまでは確かめていませんが、小林弘さんの口ぶりから考えて、多分、普通の腕時計だと思います」

「だったら暗い場所では、正確に時刻を読み取るのは、むずかしいんじゃありませんか？」

「そうかもしれません」

「小林弘さんの住まいは、タクシーを降りてから約百五十メートルくらい歩いたところにあるんですね？」

「はい」

「その百五十メートルを歩いて帰る途中で、寺島周二宅のドアのあたりに不審な人影を見たというんですね？」

「そうですが……」

「では、百五十メートルのうち、何メートルくらい歩いた地点で、問題の不審な人影を目撃したんでしょうか？」

「約百メートルほど歩いた地点で目撃したと言っておりました」

「なるほど。その地点から寺島周二宅までの距離は、どれくらいでしょうか？」

「そのことも私自身が現場へ案内してもらって確認しましたのでわかるんですが……そこから、約三十メートル先に寺島周二宅があります」

「そうしますと、約三十メートルの距離を隔てて不審な人物を見たわけですね？」

「その通りです」

「夜間なのに三十メートル先が見えたというのは、何かの照明が設置されているからでしょうか？」

「水銀灯が一本、立っています」

「その水銀灯までの距離は？」

「そうですね。中間地点くらいに水銀灯が立っていたと思いますが……」

「中間地点だとすると、約十五メートル先に水銀灯があり、そこからさらに約十五メートル先の寺島周二宅のドアのところに不審な人影を目撃した。こういうことでしょうか？」

「そうです」

「そのような状況でも、よく見えたんでしょうか？」

「薄ぼんやりと見えたんです」

「薄ぼんやり見えた程度なら、不審な人影であるとか、径しい挙動を見せたとか、そのようなことまでわからないんじゃありませんか？」

風巻やよいが問いただすと、植田浩一は返答に窮したのか、即答できずに、すっかり考えこんでしまった。

風巻やよいは言った。

「植田さん。目撃者の小林弘さんは、あなたに対して、こういう意味のことを言ったんでしょう？　その不審な人物は、周囲をきょろきょろうかがいながら、恐る恐るドアのノブに手をかけ、ゆっくりと手前に引いて部屋に入ったと……しかしですよ、そのような状況下なら、実際のところ、その人物が不審な挙動を示したか、どうか、そこまではわからなかったんじゃありませんか？」

「さあ、どうでしょうね」

「おや。まるで他人《ひと》ごとのような証言をするではありませんか。よろしいですか？　先程の弁護人の主尋問に対して、あなたは小林弘さんから聞いた通りのことを証言したんじゃなかったんですか？」

「ええ、まあ、そうですけど……」

「だんだん自信がなくなってきた？　こういうわけですか？」

「面目次第もありません」

植田浩一は、うつむいたまま黙りこんでしまった。

弁護人の青山まどかは、そんな植田浩一を苦々しげな顔をして睨みつけている。

風巻やよいは、最後のとどめを刺す思い入れで、こう言った。

「植田さん。要するに、こういうことじゃありませんか？　あなたは、目撃者と称する小林弘さんを巧妙に誘導して、『ほんとのところは、そうではなくて、こういうことだったんでしょう』なんて調子で、あなたの考えた筋書き通りの供述をさせるように仕向け、その内容を報告書にまとめ、クライアントの青山弁護人に提出した。青山弁護人は、その報告書をもとにして、先程の主尋問を行った。それに対して、あなたは報告書に記載した通りの証言をした。こういうことなんでしょう？」

「いや、そうでもないんですが……しかし、ある程度は、小林弘さんを誘導しました。申しわけないと反省しております」

と植田浩一は、率直な態度で詫《わ》びを入れた。

みずからの非を正直に認めるのは、潔いことではあるにしても、いまのように臆面《おくめん》もなく頭を下げられると、こっちが面食らってしまう。

一方、植田浩一に調査を依頼した青山弁護人は、いまにも噛《か》みつきそうな顔をして、証人席の植田浩一を睨みつけていた。

風巻やよいは言った。

「植田さん。しつこいようですが、もう少し言わせていただくと、その不審な人物がコートのようなものを着ていたというのも、まったくの推測でしょう。事件のあった三月八日という季節柄から考えて、コートを着用しているのが普通でしょうからね。それから、もうひとつ、その人影は泥棒ではないかと思ったという証言がありますが、これこそ正真正銘のフィクションです。違いますか？　植田さん」

風巻やよいは、たたみかけるような調子で言う。

「検事さんのおっしゃる通りです。すいませんでした」

またもや、植田浩一は、頭を下げた。

もう、こうなると風巻やよいとしても、張り合いがなくなる。

とは言っても、まだ、いくつかの質問が残っていたから、ここでやめるわけにはいかない。

彼女は反対尋問をつづける。

「一、二の補充的な質問をさせていただきます。小林弘さんが問題の人物を目撃した地点から、約三十メートル先に寺島周二宅があるということはわかりました。それでは、小林弘さん自身のご自宅は、その地点から何メートルくらいのところにあるんでしょうか？」

「約五十メートルです」

「それじゃ、寺島周二宅を通過して、さらに二十メートル先まで行ったところに小林弘さんのご自宅があるという距離関係になるんでしょうか？」

「距離関係はおっしゃる通りですが、方向が違うんです。小林弘さんのお宅は、寺島周二宅とは別棟になっておりますから……つまり、検事さんのおっしゃる目撃地点から別の方向へ進入路が伸びていまして、そちらへ五十メートルばかり行ったところに小林弘さんのご自宅があるわけです」

「なるほど。よくわかりました。最後に、ひとつだけうかがっておきます。あなたが所属している『大阪セントラル調査事務所』というのは、クライアントに対するサービスが徹底しており、調査結果にしても充分に信頼のおけるものであり、それなりの調査費もいただいておりますという意味の証言をあなたはしておりますね？　弁護人の主尋問のさいに……」

「そのような証言をした覚えはあります」

「ところが、これまでの反対尋問によってほぼ明らかになったように、あなたご自身の調査にしても、必ずしも正確無比とばかりは言えません。それはお認めになるんでしょう？」

「認めます。申しわけありませんでした」

「いずれにしましても、高額の調査費が『大阪セントラル調査事務所』へ支払われたのは、事実ですね？」

「その通りです。その金額について、お知りになりたいのなら、どうか事務所の会計課のほうへ問い合わせていただきたいのです」

「私がおたずねするのは、金額でなく、いったい誰が、被告人栗山昌雄のために高額の調査費を支払ったのか。そのことなんです。まさか青山弁護人から支払われたなんて言うんじゃないでしょうね？　仮に青山弁護人の名義で支払われていても、まさか自腹を切ったわけでもないでしょうから……青山弁護人の背後には、有力なスポンサーがいるはずです。その人物が何者なのか、それを証言してください」

この質問が風巻やよいの口から飛び出したとたんに、青山まどかが猛然と立ちあがり、強い口調で異議の申し立てをした。

「裁判長。調査費の出所など、本件とは何の関係もありません。したがって、ただいまの検察官の質問は、不当というよりほかありません」

こうなるだろうと風巻やよいには察しがついていたのである。

調査費の出所は、石橋警部補が捜査すれば、簡単にわかることだが、もののついでにと思って質問したまでである。

それに、もし青山弁護人が異議の申し立てをすれば、多分、裁判長は、その申し立てを正当と認め、風巻やよいに対し、質問を撤回するように勧告をするに違いない。これも予想されるところであった。

そこで、風巻やよいは、久米川裁判長が裁決を下す前に、自発的に先程の質問を撤回することに決めた。

「裁判長。弁護人から異議の申し立てが出ましたので、検察官としては、潔く、ただいまの質問を撤回いたします」

このとき、風巻やよいが、被告人席の栗山昌雄に何気なく視線を投げると、彼は、ほっとして安堵《あんど》の溜息《ためいき》をもらしたかに見えた。

そうと知って、風巻やよいは、このさい、どうあっても、栗山昌雄のために多額の調査費を支払ってやり、高額の弁護料を都合してやった『陰の黒幕』をあぶり出さなければならないと決意した。

植田浩一に対する証人尋問が、すべて終了すると、弁護人の青山まどかは、

「裁判長。ここで弁護人から新たな証人の申請をしたいと考えますが、よろしいでしょうか？」

「どういう証人ですか？」

久米川裁判長は、クールな表情を青山まどかに向けた。

青山まどかが薄い唇を開く。

「裁判長。このさい、検察官の風巻やよいを本法廷へ証人として召喚し、尋問すべきだと考えます」

青山まどかは、いとも簡単なことのように言う。

驚いたのは、久米川裁判長ら三人の裁判官である。

報道関係者をはじめとする傍聴人たちのなかからも、微かな驚嘆の声がもれた。

風巻やよいは呆《あき》れ返った。

(何よ、私を召喚せよなんて……いったい、自分を何さまだと思ってるの?)

久米川裁判長は、眉をひそめながら青山まどかに向かって、

「弁護人。検察官の証言を求める理由を説明してください」

すると彼女は、検察官席にちらっと冷徹な視線を投げやってから、久米川裁判長にこう言った。

「裁判長。検察官の風巻やよいを証人として本法廷へ召喚する理由は、もはや、おわかりのことと存じます。だいいちに、ご本人が誰よりも自覚しておられるはずです。したがって、いまさら私から申しあげるまでもないと思いますが、ただいま、その点について明らかにせよと裁判長からご指示がありましたので、申しあげます」

彼女は高慢な態度で、発言をつづける。

「弁護側の証人である植田浩一の証言によりますと、本件犯行現場の一一〇号室

南側のベランダ下でB型の血痕が付着したブローチが発見されました。そのブローチは、誰あろう検察官の風巻やよいご本人のものであるらしい疑いが生じてまいりました。そこで、このさい、ご本人を証人として召喚し、この点について真相を明らかにしていただきたいのです。多分、風巻やよいご本人としても、みずから進んで証言し、疑いを晴らしたいと、うずうずしておられるのではないかと推察いたしますが、いかがでしょうか？」

と青山まどかは、口元に薄笑いを浮かべながら、意地の悪い皮肉をこめて言った。

久米川裁判長は、どうしたものかと思案深げな顔をしながら、風巻やよいを振り向いて、

「検察官。いまの弁護人の申し立てについて、意見があればどうぞ」

と発言をうながした。

風巻やよいは、決然として立ちあがった。

「裁判長。私としても、身に覚えのない疑いをかけられたからには、みずから進んで証言したいのはやまやまです。しかしながら、これには、時期を選ばなくてはなりません。目下のところ、どういう事情によって、問題のブローチが一〇

号室のベランダの下で発見されたのか。果たして、事件発生直後から、そこにあったものかどうか。なぜ、私のまったく関知しない経緯によって、本法廷へ持ち出されたのか。そして、そのブローチにB型の血痕が付着していたのは、なぜなのか。捜査の結果、これらの疑問がすべて氷解した段階で、必要とあれば、私自身が証言することもやぶさかではありません。しかし、いま、この段階で私が証言した場合、次のように申しあげるよりほかないわけです。つまり『問題のブローチは私の知らないうちに、何者かの企みによって一一〇号室のベランダの下へ持ちこまれたのであり、それは検察官である私を罠《わな》に陥れようとする陰険な企みにほかなりません』と……いま、私が証言できるのは、その程度のことにすぎません。これでは、真相を明らかにしたことにはならないし、本件審理に何ら寄与しないわけです。裁判長、私の意見は、以上につきます。ほかに意見の申しあげようがないのです」

風巻やよいは、冷静な態度で、そう言って着席した。

久米川裁判長は、もっともなことだと言わぬばかりの顔をして、うなずき返すと、両側に控えている二人の陪席裁判官のほうへ順次、顔を寄せながら、ひそひそ声で合議していたが、やがて正面に向き直ると、

「先程の弁護人の申し立ては、ひとまず、その採否を留保いたします。検察官の言うように、捜査の結果、すべての真相が明らかになった段階で、あらためて検討することといたします。では、本日は、これで閉廷し、次回公判期日を指定しておきます」

と言って、法壇の上に置いてあった期日簿を開いた。

風巻やよいが裁判所の玄関を出ようとしたとき、あとを追ってきた報道関係者のグループに取り囲まれてしまった。

「風巻さん。あのブローチは、間違いなく、あなたのものですか？」

「なぜ、被害者の血痕のついたブローチが殺人現場付近で見つかったんでしょうか？」

「風巻さんは、殺害された弁護士の寺島周二さんと親しい間柄だったんですか？」

「寺島周二さんと、婚約されていたんですか？」

「どうして、寺島さんと結婚されなかったんですか？」

「風巻さんは、ほんとに証言なさるおつもりですか？」

「いずれは証言しなくてはなりませんよね。その場合、ご自分の疑いを晴らす自信がありますか？」

「いま、ここで、真実を話してくれませんか。寺島周二さん殺害事件に関与されたのか、どうか。お願いしますよ、風巻さん」

こんな調子で、前後左右から口早に質問を浴びせかけられ、マイクが四方八方から突きつけられた。

「みなさん。そこをどいてください。先を急ぎますので……ブローチのことは、私にしてみれば青天《せいてん》の霹靂《へきれき》なんですから……法廷でも言いましたように、これは何者かが仕掛けた罠です。いまは、それ以上のことは何も話せません」

声を張りあげ、叫ぶように言いながら、風巻やよいは、報道関係者の包囲網を突破して、公用車の後部座席に転がりこんだ。

検察事務官の坂上正昭が気をきかせ、すぐそばまで公用車を乗りつけ、ドアを開けて待っていてくれたのである。

「坂上くん。本庁へ車を飛ばしてちょうだい。今日のうちに佐竹公判部長に会って事情を説明しておかないと……明日の朝刊は、さぞかし派手な紙面になるでしょうから……」

風巻やよいは、うんざりさせられた。

4

風巻やよいは、佐竹公判部長の部屋をたずねて、すべての事実を包み隠さず話した。

そのなかには、石橋警部補にも、まだ話していないプライベートな事柄も含まれていた。

佐竹公判部長は、彼女が話している間、半眼を閉じ、腕を組みながら、じっと聞いている。

やがて風巻やよいが話し終えると、彼は、回転椅子をまわし、見すえるような眼差しを彼女に注ぎながら、分厚い唇を開いた。

「風巻くん。それじゃ聞くが、事件当日の三月八日夜に、きみが寺島周二宅へ出かけたのは、事実なんだね？」

「事実です。寺島さんが私に会いたいと言って、電話をしてきたんです」

「それが事件当日の三月八日午後のことだね？」

「そうです。宇治支部長室へ彼から電話がかかってきたんです」

「うむ。実際に寺島周二宅へ着いたのは、当日の何時ごろだった？」

「午後七時過ぎです。つい先程、帰宅したばかりだと寺島さんは言っていました。実際、帰宅したままのスーツ姿で、まだ着替えもしていなかったんです」

「ところで、寺島周二がきみを呼び出した用件は、何だったんだ？」

「相談したいことがあると電話では言っていましたが、私には見当がついていました。私に会って、離婚問題やら何やら、いろいろ話をしたかったんだと思います」

「なるほど。きみが寺島周二宅をあとにしたのは、何時ごろだ？」

「午後十時ごろでした」

「それだったら、目撃者と称する小林弘が、男女不明の怪しい人影を見た時刻ではないのかね？」

「いいえ。それは午後十時十五分です。目撃者の小林弘が、それなりの理由があって、かなり正確な時刻を覚えていたんです」

「すると、きみが寺島周二宅を立ち去った後に、小林弘が怪しい人影を目撃した。こういう順序になるわけか？」

「そうです。私が一一〇号室を出てから間もなく、怪しい人影が目撃されたわけです。もっとも、小林弘の証言は、調査員の植田浩一に誘導された形跡が多分にあります。とは言いましても、まったくのデタラメというのでもないんです。実際に、小林弘の言う時刻に、誰かが一一〇号室へ入ったのは、事実じゃないかと私は考えています」

「そうなると、きみは、およそ三時間も、一一〇号室にいたことになるじゃないか？　しかも、殺害された寺島周二と二人っきりでだ」

佐竹公判部長の表情が険しくなった。

風巻やよいは、毅然《きぜん》とした態度で言った。

「おっしゃる通りです。でも、私は今回の事件とは何の関係もありません。私が一一〇号室を立ち去るとき、彼がドアのところまで見送ってくれたんですが、こう言ってましたわ。『これで僕の気持ちもすっきりしたよ。すまなかったね。こんなところへ呼びつけたりして』と……あのときの彼の表情ったら、憑き物が落ちたように、すっきりとさわやかに見えましたわ」

佐竹公判部長は、思案深げな顔をして、

「きみね、三時間もの間、いったい寺島周二と何を話していたんだ？」

「いま言いましたでしょう。離婚問題とか、いろいろ話し合っていたんです。三年前に彼と別れてから以後、それだけの時間をかけて私たちが話し合ったのは、あの日が初めてでした。それまでにも、裁判所の廊下なんかで出会ったときに、ちょっと言葉をかけ合ったり、喫茶店でコーヒーを飲んだりしたことはありましたけど……」

「約三時間に及ぶ話の内容だけど、あくまでもプライベートな事柄なのかね？差し支えなければ話してもらいたい」

「いいですとも。隠さなければならないことなんて何もありませんから……」

と言って彼女は、脚を組み替えると、

「寺島さんは、紀代夫人との離婚問題で悩んでいました。そのことで私に相談したいので会ってくれないかと言われたんです」

「しかし、寺島周二は弁護士なんだから、自分の離婚問題で悩むこともあるまい。違うかね？」

「いいえ。そういうことじゃなくって……彼自身は、紀代夫人との離婚を望んでいたんです。でも夫人のほうが、離婚は嫌だと言って聞かなかったそうです。夫人に愛人がいるってことは、早くから寺島さんにはわかっていたんですけど、夫人のほうが離婚は絶対にしないって……こうなると、寺島さんとしては、離婚訴訟に踏み切るか、どうかですが、その決断がつかなくて……」

「これはこれは……愛人がいるくせに離婚を拒むとは、ずいぶん身勝手じゃないか」

「紀代夫人は、そういう女性なんだそうです。私は、一度も会ったことはありませんが……」

「そもそも、紀代夫人が離婚を拒む理由は、いったい何だね？」

「あの晩、寺島さんが私に打ち明けたところによりますと、こういうことです。紀代夫人にしてみれば、寺島さんと形だけの夫婦でいるほうが、何かにつけて有利だからだそうです……少なくとも、紀代夫人は、そう考えているらしいんです」

「ピンとこないが、具体的に言うと、どういうことなんだ？」

「つまり、紀代夫人にしてみれば、夫が弁護士だってことになると、世間体もよく、社会生活をするうえにも、何かにつけて便利だからです。そればかりか、紀代夫人は、寺島さんに面と向かって、こう言うんだそうです。『あなただって、私と結婚していれば、亡くなった父の名声やコネクションを最大限に利用できるじゃないのよ。それも、やはり私の夫であればこそだわ。わかるでしょう?』なんて……」

「鼻持ちならん女性だな。聞いてあきれる」

と佐竹公判部長は、顔をしかめた。

「私も、そんな話、初めて聞きましたわ。よくもこれまで、寺島さんが辛抱していたものだと彼が気の毒になってきて……」

「それにしても、紀代夫人に愛人がいるってことは、間違いないのかね?」

「間違いないと思いますわ。寺島さんには確信があるみたいです。その愛人が、どういう人物であるかも、彼は知っている様子でした。口には出しませんけど……もしかすると、私が知ってる人物だから、言えないんだろうかと、ふと思ったり……」

「いずれにしろ、そういう状況なら、寺島周二の側から離婚訴訟を起こすよりほかに解決の道はないのと違うかね?」

「私も、そう言ったんですけど……彼には決断がつかないようでした」

「弁護士のくせして、ずいぶん優柔不断な男だったんだな」

「しかし、自分のこととなれば、たとえ弁護士であっても、踏ん切りがつかないこともあるんじゃないでしょうか。人それぞれですもの。とにかく、私にすべてを打ち明け、話を聞いてほしくて、私を呼んだんです」

「ちょっと待てよ。彼はきみに甘えたくて、自分の家へ呼んだんじゃないのか？　私には、そんな気がするがね」

と佐竹公判部長は、思わせぶりに顔をほころばせる。

「それもあったかもしれませんわ」

と風巻やよいは、軽く受け流して、

「それから、もう一つ、紀代夫人には、亡父の縁故で、気軽に相談のできる弁護士がいるらしいんです。察するところ、女性弁護士らしいんですが、誰だってことは話してくれませんでした。もちろん寺島さんにはわかっていたようですわ。そのこともあって、寺島さんとしては、いま、ただちに離婚訴訟に踏み切る決断がつかないんじゃないかと、あのとき、私は思いました」

「どういうわけで？」

「だって、彼が離婚訴訟を起こせば、おそらく、その弁護士が紀代夫人の代理人になるだろうから、そこらへんのことを考えると、いましばらく時の経過を待つほうが得策ではないかと、彼は考えていたんだと思います」

「それも、またヘンな話じゃないか。寺島周二は、プロフェッショナルの弁護士なんだから、夫人の代理人が誰であろうが、頓着《とんちゃく》なしに離婚訴訟に踏み切ることができたはずだがね。それとも、相手の女性弁護士との間に何かの因縁があるとか……例えば、過去に深い仲だったとか……」

「それはないと思いますわ。寺島さんにとって、過去の女性といえば、私以外にはなかったはずですもの」

「これは参った。きみは相当な自信家だね」

と言って、佐竹公判部長は、声をあげて笑う。

「だって、それは疑いようのない事実ですもの」

と風巻やよいが、むきになって言うものだから、佐竹公判部長は、ちょっと慌てて、

「わかったよ。きみの言う通りだとしよう。要するに、約三時間に及んで、きみと寺島周二とは、そんな話をしていた。そして一一〇号室を立ち去ったのは、午後十時ごろ。こういう経緯だね？」

「おっしゃる通りです。その後、午後十時十五分ごろに、性別不明の怪しい人影が一一〇号室へ入ったんです。もっとも、これについては、小林弘の証言が信用

できるとしたうえでのことですけど……それから十五分後の午後十時半ごろになって、被告人の栗山昌雄が一一〇号室をたずねています。警察の捜査によれば、その後に寺島周二が殺害され、栗山昌雄が最有力容疑者となり、起訴されました。その公判が目下、進行中であるわけです」

「うむ。司法解剖の結果を踏まえると、犯行時刻は、当日の午後九時から十一時までということになるわけだな」

「その通りです」

「その間、きみはどこで何をしていたんだね？　はっきり言って、きみのアリバイを聞いておきたいんだ」

と佐竹公判部長は、厳しい眼差しを風巻やよいに向ける。

彼女は、冷徹な視線を返しながら、

「わかりました。一一〇号室をあとにして、団地の入り口付近まできたとき、たまたま空車のタクシーが見つかったんです。乗客を下ろした直後のようでしたわ。ですから、私、そのタクシーに乗り、城南駅から私鉄で宇治へ向かいました。公務員住宅の自分の部屋へ帰ったのは、午後十一時でした」

「それが、きみのアリバイだとして、裏付けでもあるのかね？」

「裏付けがあるか、どうかってことになると、ちょっと困るんです。要するにタクシーの運転手が私の顔を覚えてくれているか、それにつきます」

「きみ自身は、どうなんだ？　その運転手の顔を覚えているのかね？」

「いいえ。三十五、六歳の運転手だったようにも思いますが、自信はないんです。その年格好のタクシー運転手は、少なくありませんしね」

「タクシー会社の社名はどうなんだ？　それくらいは覚えているんじゃないのか？」

「多分、『あすか自動車』ではなかったかという気がしますが……いいえ。『やまとタクシー』だったかもしれません」

「頼りないな。城南駅から私鉄に乗ったというんだから、そのさい、電車の中で知人に出会うとか、そういうことは？」

「残念ながら、それも無理です。知った顔は、一人も見ていませんので……」

「それじゃ、アリバイの裏付けは、皆無にひとしいわけだ。そうだろう？」

と佐竹公判部長は、風巻やよいを見つめながら、溜息をもらす。

「部長。ご心配をかけて申しわけありません。私としても、こうして火の粉をかけられたからには、自分で払いのけなければならないと決意しています。いずれにしろ検察庁の威信を汚すようなことは決していたしませんから、ご安心ください。アリバイの裏付けは、石橋警部補の協力を得て、必ずや明らかにいたします」

「そうしてくれ。私としては、もちろん、きみの潔白を信じているが、マスコミが騒ぎ出せば面倒なことになる。世間の人たちは、得てしてマスコミの報道を鵜《う》呑みにしたがるからね」

「よくわかっています。ご迷惑はかけません」

「うむ。それから念のために聞いておくが、きみが寺島弁護士と別れたのは、特別の理由でもあったからかね？　彼を愛していたのなら、なぜ結婚しなかったのか、それも不思議でならないんだ。もっとも、きみのプライバシーにかかわることでもあるから、言いたくないのなら、それでもいいんだ」

「三年も前のことですし、いまは何とも思っていませんので、お気遣いなく。……おっしゃるように、確かに私は彼を愛していました。ですけど、彼としても私なんかと結婚するより、有力な弁護士の娘である紀代さんの夫として、義父の事務所を引き継ぐほうが、はるかに有望です。彼の将来が大きく開けるでしょうからね。私は、そう考えたんです。もちろん、私は辛い思いをしましたが、何とか切り抜けましたわ」

三年前のあのときの疼痛《とうつう》のような心の痛みを想《おも》い浮かべるにつけて、いまでも瞼《まぶた》が熱くなってくる。

佐竹公判部長は、しんみりとした口調で、

「結局、きみは、愛する恋人を紀代さんに譲ってしまったわけだが、それでも後悔はしなかったかね？」

「悔いはないといえば、嘘になりますわ。私だって、女ですもの」

と言ったとたんに、彼女は、目頭がじーんと熱くなり、佐竹公判部長の顔が涙ににじんで見えた。

佐竹公判部長は、すまなさそうな顔をして、

「風巻くん。申しわけない。よけいなことを聞いたりして……」

「いいんです。もうすんだことですもの」

と風巻やよいは、ハンカチで涙をぬぐって、

「それからブローチのことですが、先程も申しましたように何者かが仕掛けた罠です。あのブローチは、彼と別れて以来、一度も身につけたことがないんです。もちろん、事件当夜もですわ」

「すると、盗まれたわけか？」

「それしかほかに考えられないんです。だけど、いつ盗まれたのか、それはわかりません」

「いったい、そのブローチをどこにしまっていたんだ？」

「そのことですが、寝室の宝石箱の中に入れたままにしていました。私は、あまりアクセサリーを身につけない主義なんです。ですから今日の公判で弁護人の青山まどかが、問題のブローチを証拠として提出するまで、まさか盗まれていたとは知らなかったんです。何よりも、私が暮らしている公務員住宅の五〇三号室が荒らされていたとか、ドアの施錠が壊されていたとか、そういう形跡もありませんでした。でも、こうなってみると、やはり何者かが五〇三号室へひそかに侵入し、問題のブローチを盗み去ったとしか考えられません。狙いは明らかです。私を罠に陥れるためですわ」

「しかし、何のためにきみを罠に陥れようとするんだろう？」

「そこなんですが、いまのところ私には心当たりがなくて……ただひとつ、最近、妙なことがありました。匿名の手紙なんですけど、これまでに三回も私あてに郵送されてきたんです」

そう前置きして、彼女は、例の匿名の投書について、佐竹公判部長に詳しく話した。

「うむ。その種の嫌がらせは、よくあることだ。何かにつけて、検事は憎まれ役だからね」

と佐竹公判部長は、侘《わび》しげな微笑を口元に浮かべながら、

「そうは言うものの、こういう事態になってみると、きみが罠にはめられようとしていることと、その匿名の投書とは、密接な関連性があるんじゃないかと思えてくる」

「それは言えると思います。すでに部長にも報告しましたように、三宅田鶴子裁判官のものと思われるホルマリン漬けの耳のこともあります。あれには、こともあろうに三宅裁判官が愛用しておられた『スケール・オブ・ジャスティス』のイヤリングがぶら下がっていましたわ。いかにも当てつけがましく……」

「そのことだが、やはり、きみのブローチが寺島周二宅のベランダの下で発見されたことと何らかの関連性があるとみてよさそうだ。何よりもだよ、ホルマリン漬けの耳が、京都地方検察庁宇治支部の風巻やよい宛に郵送されてきたこと自体が問題だよな」

「おっしゃる通りですわ。私は三宅田鶴子裁判官の失踪事件とは、何のかかわり

もないんですもの。ですから、イヤリングつきの三宅田鶴子裁判官の耳を私あてに郵送してきたのは、単なる嫌がらせというより、もっと深い意味があるんじゃないかという気がしてなりません。それが何であるか、目下のところ、私には見当もつきませんけど……」

「しかし、このさい、鋭意捜査しなければならないんだ。警察の協力を得て、何が何でも真相を突きとめてくれ」

「そのつもりでおります」

「頼んだよ。これは検察の威信にもかかわることだからね」

「はい。心得ています」

「最後に、これだけは言っておきたい。もし、弁護人の青山まどかの証人申請を裁判所が認めて、きみを証人として召喚した場合のことだ。きみには、それなりの覚悟があるんだろうね？」

「ありますとも。堂々と胸を張って出頭し、宣誓のうえ、すべてを証言いたしますわ」

「うむ……そのあたりの判断は、検察官としてのきみの良心の問題だ。私としてはこれ以上何も言うことはない」

「ありがとうございます」

風巻やよいは、佐竹公判部長の心遣いが嬉《うれ》しくてならなかった。

翌日の朝刊を開いたとき、風巻やよいは愕然とした。

各紙とも、昨日の公判の模様を鳴り物入りでデカデカと書きたてているのだった。

例えば「担当検事に元恋人殺害の疑惑？」とか、「決め手になる？　現場で発見された風巻検事のブローチ。これには被害者の血痕が」といった調子で、あたかも彼女が寺島周二殺害の容疑者であるかのように派手に騒ぎたてているではないか。

彼女は、真っ赤な炎が胸のなかに燃えあがったような激しい怒りに駆りたてられた。

マスコミの非常識なやり方は、いまに始まったことではないが、こういう不当な手口によって、社会的生命を葬りさられた「無実の人間」が、いったい、これまで何人いたことだろうか。

日本のマスコミの常套《じょうとう》手段は、傲慢《ごうまん》にも一方的に人を悪者として決めつけるだけで、本人には、ほとんど弁解の余地を与えないのである。欧米の有力紙が、メインの記事と同等のスペースを提供して、反論の記事を大きく掲載するのにくらべると雲泥の差である。しかも、残念なことは、そのように頭ごなしに決めつけてはばからない不見識な記事に、おもしろがって飛びつく読者が少なからずいるという厳然たる事実である。

もっとも朝刊の記事の末尾には、風巻検事の話として、「まったく身に覚えのないことで、罠にはめられたとしか考えられません」という短いコメントが付け加えられてはいるものの、本文のボリュームと居丈高な論調にくらべれば、ほんの申しわけ程度の微々たるものだ。

おまけに、彼女にとって悔しいのは、彼女自身が検察官であり、公務員であるという点だった。

もし、彼女が一介の弁護士だったなら、いま、すぐにでも、各新聞社を相手取り、名誉毀損《きそん》の訴えを起こしてやりたいところであるが、このさい、涙を飲むよりほかなかった。それも彼女が検察官であり、公務員であるがゆえである。

公職にある者が、職務上の事柄に関連して、その名誉を毀損されたからといって、個人の資格で民事訴訟を提起したり、刑事事件として加害者を告訴することなど思いもよらないことであるし、ほとんど前例がないのだ。
風巻やよいは、これが口惜《くや》しくて、数日間、不眠症に陥った。

第三章　悲劇の遺産

1

「おや、検事さん。今日はお一人ですか？　坂上さんは？」

風巻やよいの執務室にあらわれた石橋警部補は、部屋のなかを見まわしながら言う。

彼女専用の大きなデスクの傍らに坂上正昭のデスクが置いてあったが、いまは、きれいに片付いていた。

彼女は回転椅子をまわし、石橋警部補に向き直ると、

「坂上くんは、休暇中なんよ。今週いっぱいね」

と言って、彼女は立ちあがり、

「石橋さん。ちょうどええところへきてくれたわ。ちょっと付き合ってよ。ねえ、

いいでしょう？」

「付き合うって……何を？」

「わかってるくせに……いま何時やと思うてるのん？」

「三時ですけど……あっ、そうか。例のところですね？　いいですとも。喜んで付き合いますよ」

石橋警部補は、にわかに元気が出たらしく、いそいそしながら、風巻やよいのあとについて廊下へ出た。

例のところとは、言うまでもなく、甘党専門店の「阿月《あづき》」のことだ。風巻やよいは、甘いものに目がない。とりわけ「阿月」のチョコあんみつが大好物だった。

宇治川《うじがわ》から吹き寄せる微風がやさしく肌をなでる五月晴れの心地よい午後であった。

平等院へ通じる石畳の参道には、落ち着いた雰囲気の店が並び、観光客の姿がちらほら目立つ。

喫茶店や土産物店、茶舗、レストラン、小料理屋などさまざまな店があるが、その中で暖簾《のれん》に「阿月」と染めぬいた瀟洒《しょうしゃ》な構えの甘党専門店があった。

風巻やよいら二人が暖簾をくぐるのと入れ違いに、観光客と思われる五、六人の中年女性が、楽しげにお喋りしながら店を出て行った。

「この店も、結構、有名になったもんですね」

と言う石橋警部補の声を背中で聞きながら、彼女は、勝手を知った店内を通り抜け、一番奥まった席に腰を下ろした。

石橋警部補が彼女と向き合って座る。

彼女はメニューを手にして、

「今日は、いつもと違うのにしようかな」

と思案している。

あんみつのほかに、おしるこ、ぜんざい、みつ豆、抹茶《まっちゃ》つき羊羹《ようかん》などさまざまだ。

あんみつとひと口に言うが、その種類は、実に豊富である。白玉あんみつ、バナナあんみつ、キウイ・パパイヤあんみつ、チョコあんみつ、抹茶あんみつ、レモン・シャーベットあんみつ……。

常連客の風巻やよいにとっては、いずれもおなじみのもので、できるものなら、いま、ここで全部を食べたいところであるが、そうもいかない。

彼女は選択に困り、メニューから顔をあげて、

「石橋さん。あなた、何にする？」

と笑顔を向ける。

「私ですか。いつものとおり豆カンにします」

「それやったら、私も、いつもどおりチョコあんみつデラックスにするわ」

と言って、彼女は、石橋と顔を見合わせながら、くすっと肩をすくめて笑う。

やがて、注文の品が運ばれてきた。

寒天とエンドウ豆、抹茶アイスクリームにチョコレート、そのうえに白蜜《しろみつ》とあんこがかかり、キウイ・イチゴ・バナナとカラフルにフルーツがあしらわれている。これがチョコあんみつデラックスである。

石橋のほうは、エンドウ豆と寒天に黒蜜をかけたシンプルなもので、あんこは入っていない。

「ああ、おいしいッ。こんなん食べてると、嫌なこともすっかり忘れてしまいそう」

と彼女はスプーンをなめながら目を細めた。

「わかりますよ、検事さん。いろいろとありましたからね」

と石橋は、彼女に慰めの言葉をかけてやりながら、

「とにかく、私にまかせてください。青山弁護人の言うことなんか、どうせハッタリに決まってんだから……寺島周二さんを殺害したのは、被告人の栗山昌雄に決まってます。念のために、もう一度、証拠関係をチェックして、必要なら補充捜査もやるつもりです。青山弁護人はね、検事さんを快く思っていないもんだから、腹いせに意地悪してるんですよ」

と言いながら、石橋警部補は、スプーンでエンドウ豆をすくいあげている。

風巻やよいは、冷たい抹茶アイスクリームが舌の上で溶けていく感触を楽しみながら、

「ところで石橋さん。大阪府警の水上警部の報告書を読んだけど、もっと詳しいことが知りたいんよ。そやから近いうちに大阪府警へ出かけて、水上警部から直接、話を聞こうと思うんやけど、差し支えないやろうか？」

「大丈夫だと思いますがね。私から電話を入れておきますよ。いつがいいですか？」

「明日なら公判がないので、都合がええんやけど……」

「わかりました。これから帰って、すぐに大阪府警へ電話をします。だけど、

明日なら、私がご一緒するわけにもいかないんですよ。捜査会議がありますので……」

「心配ご無用。私一人で行くから……それにしても、三宅田鶴子裁判官の死体が、よりによって枚方《ひらかた》市郊外の淀川《よどがわ》河川敷で見つかったやなんて、ちょっと意外やったわ。だって三宅裁判官の家から二百メートルしか離れていないというやないの」

「そうなんですよ。水上警部が言ってましたが、多分、犯人は三宅裁判官が最寄りの駅で電車を降りるのを待ちかまえていて、言葉巧みに誘いかけ、車にでも乗せて、現場の河川敷へ連れこんだんじゃないかと……」

「報告書にも、そんなふうなことが書いてあったわね。もちろん、推測にすぎないんやけど、あり得ない話やないわ」

「水上警部の推理によると、犯人は三宅裁判官と顔見知りだったんじゃないかって……どう思います？　検事さん」

「そうよね。あの三宅裁判官が、まったく面識のない人物から言葉巧みに誘われたからといって、簡単に騙《だま》されてしまうなんて信じられへんわ」

「検事さん。水上警部の報告書には、司法解剖の結果についてもデータが引用されていましたよね。それによると、十中八、九まで、犯行現場は、葦《あし》の生い茂った例の河川敷で、まずナイフで左の耳を切断し、次いで、同じナイフでもって喉《のど》を刺して殺害した。その間、つまり耳を切ってから、喉を刺して殺害するまで、どれくらいの時間が経過していたのか、そこまでは司法解剖の結果によっても確定できないそうですが、仮に数時間経過していても、不思議はないというんです。その数時間のうちに、犯人は、三宅裁判官の喉元にナイフを突きつけながら、『貴様は人の話を聞く耳をもたなかったから、こうやって切り落としてやったんだ。それでも片方の耳は、ちゃんと残してやったぜ。聞こえるだろう？　おれの声がよ』なんて、さんざん悪態をつき、ゆっくり時間をかけて痛めつけておいて、最後に喉を突いてトドメを刺した。こういう経過をたどったんじゃないかと水上警部は言っていました」

「その口ぶりだと、犯人は男に違いないと水上警部は考えてるみたいやわね。いずれにしても残酷な手口で殺したのは確かやわ。しかし、いまとなっては、殺害後四か月も経過していることでもあり、手がかりも乏しく、容疑者を絞りこむのはむずかしいと思うけど……ただ、死体が身につけていた着衣は、失踪当日、三宅裁判官が裁判所を出たときのままの服装やったとか？」

「そうです。濃紺のスーツですから、人目につきにくい色合いなのは確かです。死体の発見が遅れたのも、そのためかもしれません。とにかく発見された三宅裁判官の死体は、左の耳が脱落し、残された右の耳には、やはり『スケール・オブ・ジャスティス』のイヤリングがついたままだったんです」

「報告書でも、そうなっていたわね。ところで、発見現場の河川敷やけど、どんなところ？」

「ちょうど水の流れがよどんでいる場所でして、水鳥なんかも生息していますので、シーズンになると、野鳥観察のグループがやってくることもあります」

「現場まで川岸から歩いて行けるの？」

「水量が乏しいときには、歩いて行くことができます。実際、三宅裁判官の死体を発見した中学生のグループは、魚釣りをするために砂地を歩いて現場まで出かけたんですよ。そのとき、黒いものが葦の茂みのなかに蹲っているのを見て、何だろうと、こわごわ近寄ってみたところ、これはただごとじゃないというんで、交番へ届け出たんです」

そう言って石橋警部補は、スプーンを下に置くと、

「検事さん。これは水上警部から直接、聞いていただいたほうがいいかもしれま

せんが、一応、私から話しておきます。もし、この情報が信頼できるとすれば、犯行の動機も、おぼろげながら、わかるんじゃないかと思うんですよ」

「何の話か知らんけど聞かせてよ」

彼女は、身を乗り出した。

「こういうことなんです」

と石橋警部補は、あらたまった顔つきになって、

「前にも言ったと思いますが、水上警部はですね、三宅裁判官がこれまでに扱った事件の記録を片っ端から調べあげ、容疑者になり得る人物を詳細にリストアップしていたんです。その結果、意外な事実がわかってきましてね」

「というと？」

「愛人を扼殺《やくさつ》した罪で懲役十五年の第一審判決を受けた被告人が、その直後に拘置所で自殺を図り、死亡した事件があったんです。風巻検事さんも、ご記憶じゃないかと思うんですけど……」

「覚えているわ。だって私が論告求刑を行い、判決の言い渡しにも立ち会ったんやから……その事件が、どうかした？」

「最後まで聞いてくださいよ、検事さん。その被告人は青柳宗介《あおやぎそうすけ》。死亡当時、四

十五歳で、職業は洋画家でした」

「ちょっと待ってよ。その被告人に判決を言い渡したのは、確か三宅田鶴子裁判官やったと思うんやけど、違う？」

「そこが問題なんです。三宅裁判官は、その公判の冒頭手続きから判決の言い渡しまで、ずっと一貫して裁判長として審理に関与していたんですよ。立ち会い検察官は筒井《つつい》検事でしたが、審理の大部分が終結し、あとは論告求刑と判決の言い渡しを待つばかりの段階で転勤になり、それにかわって風巻検事さんが立ち会われたことが、公判記録上、明らかになっているんです。いや、これは水上警部の受け売りなんですがね」

「覚えているわ。私は、まったくと言っていいくらい審理には関与していなかったんよ。ただ、担当の筒井検事が東京へ転勤したため、形式的に私が論告求刑と判決の言い渡しに立ち会うことになっただけなんよ。だから、その青柳とかいう被告人のことも、ほとんど馴染《なじ》みがないわ」

「でしょうから、一応、事件の概要をお話ししておきましょう。もちろん、これは水上警部から聞いたことでして、私が調べたんじゃありません」

そう言いながら、石橋警部補は上着のポケットから警察手帳を取り出し、二、三枚ページを繰って、言葉をつなぐ。

「青柳宗介に扼殺された愛人の女性というのは、大木尚美《おおきなおみ》。当時二十八歳でした。ふっくらとした顔つきのセクシーな美人で、青柳画伯のヌードモデルをしていたんです。そんなことから、二人の間に関係ができて、ずるずるとつづいていたというのが実情です。殺害されたのは、二人が深い仲になってから一年後だったそうです。犯行現場はアトリエでした。警察が踏みこんだとき、大木尚美は一糸まとわぬ全裸で、床の上にうつぶせに倒れていたそうです」

「そうそう。思い出したわ。モデルが死んでいるとか言って警察へ電話したのは、その画家やなかったのかしら？」

「よく覚えておられますね。その通りです。青柳宗介の供述によると、その日は制作がうまくいかず、気分がむしゃくしゃしていたので、モデルの大木尚美を一人、アトリエに残して外出したそうです。一時間ばかり、付近の山林や池のまわりを散歩してから戻ったところ、大木尚美が死んでいたというんです」

「でも警察は、青柳画伯の弁解を信用せず、彼以外に犯人はいないと見こみをつけ、自白を迫ったんやないやろうか？」

「そのようですね。勾留が延長され、身柄拘束が十五日間つづいたころに、青柳宗介が取調官の前で頭を下げ、『申しわけありません。私がやりました』と、初めて罪を認めたということになっています」

「青柳宗介がアトリエを留守にしていたのは、間違いなく一時間やったの？」

「一時間そこそこだったそうです。もちろん、これだって、青柳宗介の供述によるもので、確実な裏づけはないんです。そのアトリエというのが、これまた、いわくつきのものでしてね。京都上鴨《かみがも》の山林に囲まれた静かなところなんですけど、本来は市街化調整区域で建物が建てられない場所なのに、青柳宗介が強引に違法建築をして、アトリエを新築したとか……そのことで、市の建築指導課から再三にわたり、アトリエの撤去を迫られていたそうなんです」

「青柳宗介は頑固者やったのと違う？」

「そのようでした。人の意見に耳を傾けない独善的なところがあり、それがまた彼のユニークな作風を支えていたわけでしょうけど……」

「そのモデルとの関係は一年間つづいたというけど、ほんとのところは、しっくりいかなかったんと違う？」

「そこらあたりのことが、よくわからないんです。大木尚美も自分勝手で一人よがりな女性だったらしくて、同じような性格の青柳宗介としばしば衝突し、互いに感情をぶつけ合ったりして、口論をしていたこともあったという聞き込みもあるんです。だからと言って別れるわけでもなく、腐れ縁とでもいうのか、ずるずると関係がつづいていたというのが実情です」

「要するに、犯行当時、そのアトリエには青柳宗介と大木尚美の二人しかいなかったわけよね？」

「そうです。二人は、そのアトリエの二階に同棲《どうせい》していたんですよ」

「青柳宗介には妻がいたんでしょう？」

「妻は桃江《ももえ》と言いまして、事件当時、三十八歳でしたが、青柳宗介とは別居状態がつづいていたんです」

「確か、その妻は演劇関係の仕事をしていたんやないの？」

「舞台女優ですよ。事件のあったころ、大阪の梅田《うめだ》で公演中でしたが、事件当日は、なぜか体の調子がよくないと言って、大阪にある自分のマンションに引きこもり、一歩も外出しなかったことになっているんです。劇団のほうでは、急遽《きゆうきよ》、桃江の代役をたて、何とか切り抜けたそうですが……」

「つまり桃江にはアリバイがない。こういうことかしら？」

「それは言えます。当時、警察も一応、桃江に疑惑の目を向けたらしいですが、青柳宗介が自白したために、桃江の線は崩れました」

「夫婦仲は、どうやったのかしら？」

「これもまた、だらしない話で、一緒に暮らしたり、別居したりで、どっちつかずの曖昧な関係だったらしいんです」

「石橋さん。その被告人には、妻のほかに家族はいなかったんやないやろうか？確か私の記憶では、そんな気がするんやけど……」

「記録上は、青柳宗介と桃江との間には子がなかったことになっています」

「しかし、実際には隠し子がいるとか？」

「それを、いま、水上警部のチームが調べているところです」

「桃江とかいう妻に聞けば、わかるのと違う？」

「その桃江が行方不明なんですよ。夫の青柳宗介が死んだとき、彼女は三十八歳でしたから、いまでは四十三歳のはずです。いずれにしましても青柳宗介が自殺を遂げたころ、すでに桃江の行方が知れなくなっていたんです。劇団には何も言わずに、突如として姿を消したというんですが、理由はわかりません。そんなわけで、桃江については、生死不明の状態がずっとつづいているんです。とにかく謎の多い事件であるのは確かです」

「そうね。私自身は事件とは縁が薄いんやけど、被告人が拘置所で自殺したのは、いまでも記憶に残っているわ。どういう手段で首を吊《つ》ったのかは知らないけど……」

「水上警部の話によると、シーツを引き裂き、そいつを鉄格子に引っかけ、首を吊って死んでいるのを、翌朝になって拘置所の刑務官が見つけたそうです」

「石橋さん。ほんとのことを教えてほしいんやけど、水上警部は、その事件をどう考えてるのん？　三宅裁判官が耳を切られて殺害された事件と何か関係があるとでも勘ぐっているのかしら？」

「検事さん。勘ぐるなんてもんじゃないんです。もう一つ重大な事実は、被告人の青柳宗介の国選弁護人をつとめていたのは、弁護士の寺島周二さんだったんですよ」

「えっ？……そう言えば……思い出したわ。あの事件の法廷で、初めて寺島さんと顔を合わせたんやから……」

言うなれば、その事件がきっかけになり、寺島周二と親しい間柄になったというのが真相である。

考えてみれば、彼女にとっても、はたまた寺島周二にとっても、運命の出会いとでもいうか、同時に思い出深い事件であるはずだ。

しかし、彼女自身としては、前任者が起案した論告と求刑を法廷で棒読みしただけであり、事件記録を調べる時間的余裕は、まったくなかったのである。

事件そのものについての印象が薄いのは、多分、そのためだろう。

「風巻検事さん。どう思われます？　この話……」

と石橋警部補は、探るような目で彼女を見つめていた。

「どう思うって……とにかく薄気味悪いわ。青柳とかいう被告人を裁いた三宅裁判官が、あんな悲惨な目に遭《あ》い、弁護人の寺島さんまでが惨殺されたんやもん。もしかすると、無念の自殺を遂げた青柳宗介の怨念《おんねん》を晴らそうというので、誰かが三宅裁判官や国選弁護人だった寺島さんの殺害を謀ったんやないかという気もしないではないわ。ちょっと考えすぎかもしれへんけど、石橋さんの話を聞いているうちに、次に狙われるのは私やないかと怖くなってきたり……」

「なるほど。わかりますよ、検事さんのお気持ち……」

と石橋警部補は、考え深げな顔をして、

「水上警部が言うには、こういう事情がわかったからには、風巻検事さんとしても充分に注意されたほうがいいんじゃないかと……そう言ってるんです」

「その忠告はありがたいけど、考えてみれば、私は公判の最終段階で関与しただけなんやから、恨まれる筋合いはないと思うんやけど……」

「おっしゃる通りですが、もし水上警部が考えている通りの筋書きで一連の犯行が行われたとすれば、風巻検事さんのように形式的な論告求刑と判決言い渡しに立ち会ったというだけでも、油断はなりませんよ。やはり、日常生活上も充分に注意されたほうが……」

「ちょっと待ってよ。それだったら前任者の筒井検事はどうなん？」

と言ってから風巻やよいは、ふと筒井検事が交通事故に遭遇し、死亡したことを思い出した。

確か一昨年の秋ではなかったかという気がする。

もし、あれが交通事故を装った計画的犯行だったとすれば、どういうことになるか。

これまで、そういう不吉な考えに取りつかれたことはないが、しかし気は許せなかった。

石橋警部補は言った。

「検事さん。筒井検事の死因については、疑問の余地なく、交通事故による死亡だと水上警部が言っていましたよ。当時の事故の記録を警視庁から借り受け、子細に検討した結果、そういう結論になったそうです」

「そうなると、少なくとも筒井検事に限って言えば、犯人としては、みずから手を下すまでもなく、天罰が下ったとでも考えているのかしらね」

「そうかもしれません。それにですよ、風巻検事さんあてに三宅裁判官のホルマリン漬けの耳を郵送してきたり、例の匿名の投書を送ってよこしたりしたのも同一犯人の仕業であり、何かの意味をこめた警告じゃないかって水上警部は言うんです」

「何のための警告？」

「警告というか、脅《おど》しというか……充分に気をつけていただきたいと水上警部は心配していました。ですから、明日、検事さんが大阪へ行かれるとき、できるものなら、私が同行したいんですが、残念ながら、ほかに用事がありまして……かわりに屈強な刑事を一人、検事さんに付き添わせ、大阪までご一緒させようと思うんですが、いかがでしょうか？」

「そんな必要ないわ。自分の身は自分で守るから……遠いところへ行くわけじゃなし、たかが大阪くんだりまで出かけるのに、いちいちボディーガードをつけていたら、きりがないもんね。私は用心深いたちなんやから大丈夫やて……」

彼女は明るく笑ってみせたが、一抹《いちまつ》の不安はぬぐいきれなかった。

2

石橋警部補は、グラスの水をひと口すすって、

「ところで風巻検事さん。先日来、寺島周二さんが殺害された事件の捜査記録をすべて再チェックしていたんですが、その結果、これまで重要視していなかったことが、いくつか発見されました。そのことをお話ししておこうと思いまして……」

「どういうこと？」

「一一〇号室の居間のガラス窓に不特定の指紋が二つ見つかっているんですよ。当時の実況見分調書にも、その記載があるんですが、事件と直接関係はないだろうというので、これまで無視されてきたわけです」

「よくあることやわね。誰のものともわからない不特定の指紋まで、いちいち気にしていたら、きりがないもん」

「しかし、こういう事態になってみると、どんな小さなことでも見落とせないわけですから、いったい誰の指紋なのか、あらためて捜査する必要が出てきましてね」

「居間のガラス窓のどのあたりから見つかったん？」

「ガラス窓を開閉するときに最も指が触れやすい箇所なんです。ちょうど指が入る窓枠のへこんだところでして、多分、人差し指と中指の指紋じゃないかと思うんですが、右手か左手かはわかりません」

「そう言えば、警察が実況見分を行ったとき、居間のガラス窓は施錠されていなかったというやない？」

「はい。その事実をふまえて考えてみると、これまでわからなかった新しい事実が突きとめられるんじゃないかと考えてみたり……」

「なるほど。被告人の栗山昌雄の供述調書によれば、事件当夜の午後十時半ごろ、一一〇号室をたずねたとき、奥の座敷に明かりがついていたというんでしょう。そのことと考え合わせると、すでに、そのとき、何者かが奥の座敷に身を潜めていたのかもしれへんわね。男か女かは別として、第三の人物というわけよ。言っとくけど、私じゃないわよ」

と彼女は笑った。

石橋警部補は、二、三度、大きくうなずいて、

「もちろんのことです。風巻検事さんは、事件当夜の午後十時ごろに一一〇号室を立ち去っておられるんだから、関係ありません」

「そのことやけど、私のアリバイ主張の裏づけは、どうなったん？」

「心配いりませんよ。気にしないでください」

「いいえ。私にしてみれば、たいへんなことよ。『あすか自動車』か『やまとタクシー』か、それはわからへんのやけど、タクシー運転手が私の顔を覚えてくれていたんやろうか？」

「いや、残念ながら風巻検事さんの顔を覚えている運転手には行き当たりませんでした。ひょっとしたら、別のタクシーじゃなかったんですか？」

「そう言われてみても、思い出せへんのよ。まさか、こんなことになるとは思わなかったし……」

「そうですよね。人間誰しもアリバイのことばかりを気にして行動するわけではありませんから……」

「石橋さん。司法解剖の結果をふまえると、犯行時刻は事件当日の午後九時から

十一時までということになるわね。一方、私は午後十時まで一一〇号室にいたんよ。それ以後、午後十一時に帰宅するまで、私のアリバイ主張を裏づけるものは何もないわけでしょう。もちろん、私が午後十時に一一〇号室を出たとしても、すでにそのとき犯行を終えていたんじゃないかと疑うことだってできるわ。青山弁護人は、多分、その線で私を証人席へ引っ張り出し、追及するつもりでいるんやないやろうか？」

「その可能性は大いにありますね」

「困ったことになったわ。私にしてみれば、突然、闇《やみ》のなかから狙い撃ちされたような気がしてならへんのよ」

「検事さん。取り越し苦労はやめましょう。このさい、状況を冷静に分析してみようじゃありませんか」

と言って、石橋警部補は水の入ったグラスを取りあげ、ちょっと喉を潤してから言葉をつづける。

「風巻検事さんは、事件当日の午後十時ごろ、一一〇号室を出て行かれた。それから十五分後に性別不明の怪しい人影が一一〇号室へ入るのを小林弘が目撃した。こういう経緯になりますよね」

「ちょっと待ってよ。問題の小林弘の目撃証言やけど、ほんまに信用できるんやろうか?」

「私自身、小林弘に会って、直接、確かめましたが、多少とも調査員の植田浩一に誘導された形跡はありますけど、基本的には、彼が言うのは事実じゃないかという気がするんです」

「すると、事件当日の午後十時十五分ごろに、怪しい人影が一一〇号室へ入ったのは事実のようだと……そういうわけ?」

「その前提で、推理を進めていいように思うんです」

「つまり、その怪しい人影が、私の言う第三の人物ということになるんやろうか?」

「多分ね。その第三の人物は、午後十時半に栗山昌雄が一一〇号室をたずねたときにも、まだ部屋のどこかに身を潜めていたのかもしれませんよ。いや、これはあくまでも推理であり、確実な裏づけがあるわけじゃないんですけど、風巻検事さんもご指摘のように、奥の部屋に明かりがついていたことや、被告人の栗山昌雄が一一〇号室をたずねたとき、ドアが施錠されていなかったことなどを考え合わせると、やはり第三の人物が事件に介入していた可能性が濃厚になってくるんです」

「しかし、その第三の人物が真犯人だとは限らへんわね」

「言うまでもありません。第三の人物が介入していたとしても、被告人の栗山昌雄が無実であるということにはなりませんし、その一方で、その第三の人物が真犯人であるとばかりは決めつけられません。何しろ充分な裏づけがないわけですから……」

「でも、このさい徹底的に再捜査する必要があるわね」

「そのことなんですが、ひとつ検事さんに提案があるんです」

「私に提案？」

「はい。先日の公判で、青山弁護人がもっともらしく提出したブローチのことですけど……」

「あのブローチは盗まれたんよ。何よりも、私、あのブローチをつけて、事件当夜、一一〇号室へは行ってないんだから……」

「わかっています。検事さんは、あのブローチを寝室の宝石箱の中に入れていたんでしょう？」

「そのつもりやったのに、いつのまにかなくなっていたんよ。だから盗まれたとしか考えられへんのよ。とは言っても、私が暮らしている公務員住宅五〇三号室が荒らされたとか、ドアの施錠が壊されていたなんてことは一度もなかったんよ」

「ということはですね、よほど巧妙に盗み出したからでしょう」

「それは言えてるわね。何しろ、私、いまの公務員住宅五〇三号室へ引っ越してから半年になるんやけど、ただの一度もあのブローチをつけて外出したことはないのんよ。これは確かなことやわ」

「それじゃ、この半年間ずっと、あのブローチが宝石箱の中にしまってあるものとばかり、検事さんは思いこんでおられたわけですか？」

「そうなんよ。まさか、なくなっているなんて……私ね、アクセサリーをあまり身につけない主義でね。だから寝室にあったあの宝石箱にしても、まったくといっていいくらい中身をあらためたことがないわけよ。あの中には、いろいろごちゃごちゃと入ってるけど……」

「検事さん。それじゃ、うかがいますが、五〇三号室へ引っ越されてから以後、誰かを招待されたことがありますか？」

「招待というと？　誰かを家のなかへ入れたかってこと？」

「そうです。宝石箱が置いてある寝室でなくてもいいんです。男性か女性かは別として、誰かを招かれたことがあるのか、どうか、思い出してください」

「考えるまでもあらへんわ。全然、人を招待したことなんかないのよ。仕事が忙しいから、人を家へ招くなんてことは、とてもじゃないけど無理なんよ。この半年間、ずっとね。プライベートな付き合いにしても、どこかの喫茶店かレストランで落ち合うことは、何度かあったけど……」

「そういうことなら、事実を確かめるのは比較的容易かもしれませんね」

「何の事実？」

「いや、検事さんが留守の間に、何者かが、ひそかに侵入したかどうかっていうことです。どうでしょう？　近いうちに、五〇三号室を徹底的に調べさせてくれませんか？　鑑識係を連れて行って指紋を採取したり、いろいろとやりたいんです」

「提案というのは、それ？」

「まあね。うまくいくかどうかはわかりませんが、やるだけのことはやってみないと……それにですよ、一度も他人を招待したことがないのに、不特定な指紋が五〇三号室のどこかから検出されたとすれば、それを特定することによって、ブローチを盗んだ犯人にたどりつけるかもしれませんからね。いや、犯人を特定できなくても、ある程度、絞りをかけられるんじゃないかという気がするんです」

「そう期待したいところやわね」

「それじゃ、調べさせてくれますね？　五〇三号室を……」

「ぜひ、お願いしたいわ。いつにする？」

「早いほうがいいと思うんです……この次の日曜日なんかは？」

「ええわよ。あの公務員住宅は、大阪方面の官庁につとめている公務員が圧倒的に多いのよ。検察庁関係の人もいるし……いずれにしても、大勢で、どやどやっと押しかけてくるのはやめてよ」

「わかっていますとも。目立たないように、うまくやりますから……それじゃ午前十時ごろにうかがいますが、よろしいですか？」

「けっこうよ。それまでに朝食をすませて待ってるから……それじゃ、よろしくね」

と言って、風巻やよいは腰を浮かせた。

3

翌朝、風巻やよいは、電車で大阪へ向かった。

電車に乗っている間は何とも思わなかったが、大阪市内の混雑した歩道を歩いているとき、ふと得体の知れない恐怖感にさいなまれ始めた。

もしかすると雑踏に紛れて、ひそかに自分を尾行している犯人がいるんじゃないか。

そいつが凶器を隠し持っていて、チャンスをうかがい、突然、背後から切りつけてくるのではないか。

そんな不安を背中に感じながら、彼女は雑踏を掻きわけるようにして、大阪府警本部へ急いだ。

水上警部は、いかにも、やり手の捜査官らしく、きびきびとした口調で話す精力的な中年男性だった。

彼は、風巻やよいの求めに応じて、三宅裁判官殺害事件の詳細を話してくれた。捜査関係書類は、コピーをとり、別便で郵送すると約束してくれた。

帰りがけは、さほど不安を感じないですませることができたのは、多分、この様子だと心配するほどのことはなさそうだという安心感からであろうか。

それにしても、全然、身に覚えがないにもかかわらず、何者かにつけ狙われているような不安を覚えたり、はたまた寺島周二殺害の容疑者に仕立てあげられようとしたり、まったく嫌な毎日だった。

4

約束の日曜日、午前十時きっかりに石橋警部補は、鑑識課員を含め、七人の捜査員を引き連れて、風巻やよいの住まいである公務員住宅五〇三号室へやってきた。

それも、全員が一度に五〇三号室に押しかけたのではなかった。人目につかないように、それぞれが一人ずつ、ある程度の時間的間隔をおいて、順次、五〇三号室をたずねてきたのである。

いかにも石橋警部補らしい心遣いだった。

捜索にしても、隣近所を気づかい、極力、物音を立てないように細心の注意が払われている。

「検事さん。これが問題の宝石箱ですね。拝見していいですか？」

と言って、石橋警部補は、白い手袋をはめた手で寄木細工の箱を指さした。

「ええ。どうぞ」

「しかし、どうやって開ければいいんです？　私は、こういうのが苦手でして……」

「一番上の蓋《ふた》を爪《つめ》で引っかけ、押し上げるようにして開ければええのんよ。ほら、こうやって……」

「あ、なるほど……おや。これは驚いた。ずいぶん豪華ですね。リングにネックレス、それにイヤリング……」

「高級品は、ほとんどないのよ。せいぜい普及品ってとこね」

「あれっ、引き出しがついていたんですか。何だか、智恵《ちえ》の箱みたいですね」

「引き出しは、二段になってるんよ。ほらね」

「ずいぶん凝っていますね。問題のブローチが入っていたのは、どこだったんですか？」

「一番上やったと思うけど……」

「すると、一番目立ちやすいところですね」

「というより、あのブローチには、私のネームが刻んであったんやから、犯人にしてみれば、願ったり叶《かな》ったりの収穫やったと思うわ」

「そうですね。多分、犯人は、風巻検事さんを容疑者に仕立てあげるためのネタ探しに、この五〇三号室へ忍びこんだんでしょうから……」

このとき、キッチンを捜索していた若い捜査員が入ってきて、

「係長。ちょっと、あちらへきていただけませんか？　換気口がヘンな具合いなんですよ」

「ほう。どんなふうに？」

「とにかく、ご覧になってください。それから、検事さんにもきていただきたいんです」

「ええ。いいですとも」

とうなずいて、風巻やよいは、キッチンのほうへ急いだ。

その捜査員が問題にしているのは、キッチンの片隅の天井に設けられた換気口のことだった。

「あの換気口なんですけど……ヘンだと思いませんか？　係長」

「うむ。金属製のネットカバーが歪《ゆが》んでいるよな」

「なぜ歪んでいるのかというと、カバーを固定しているビスが二個、脱落しているからです。多分、最近になって、ネットカバーをはずしたからじゃないでしょうか？　そのさい、ビスが脱落するとかして、カバーが歪んだままになっているんだと思うんです。検事さん。何か心当たりがありませんか？」

「いいえ、全然。換気口を修理したこともあらへんし……ヘンだと言われれば、確かに……」

「検事さん。念のために、カバーをはずしてもよろしいですか？」

と石橋警部補が彼女を振り向く。

「ええ、お願いするわ」

「それじゃ……」

と若い捜査員は、ドライバーを使って手際よくネットカバーをはずした。

「おや。換気口のなかに何か入ってますよ」

つぶやきながら、その捜査員は換気口のなかへ手を突っこんで何かを探っている。

やがて、彼は透明ポリ袋にくるんだものを換気口から取り出し、石橋警部補に手渡した。

「何だろう？　これ……」

石橋警部補は、眉をひそめながらポリ袋の中身をあらためている。

それが何であるかは、そばで見ていた風巻やよいにも、すぐにわかった。

「ちょっと、石橋さん。それ、ナイフやないのよ……なんで、そんなものが換気口のなかに……」

「検事さん。調理用ナイフですよ、これは……あっ、こいつはたいへんだ。血痕ですよ、このシミのような黒っぽいのは……早速、鑑識課で調べてもらいましょう。よろしいでしょう？」

「もちろんよ。もしかすると、寺島さん殺害事件の凶器かもしれへんわ」

「あれは調理用ナイフでしたよね。被告人の栗山昌雄が言うには、犯行現場から逃げる途中、どこかの家庭用ゴミ袋の中へ突っこんでおいたそうですが……結局、探し出すことはできなかったんです」

「それにしても、なぜ、ここのキッチンの換気口なんかに……」

彼女は、慄然とした。

5

それから三日後、風巻やよいが宇治支部の執務室へ出勤して間もなく、警察とオンラインでつながっている専用電話の呼出音が鳴った。

受話器をあげた検察事務官の坂上正昭は、彼女に向かって、

「検事さん。石橋警部補からです。直接、検事さんとお話ししたいと言ってますけど……」

「わかったわ。電話を切り換えてちょうだい」

すぐに電話がつながり、石橋警部補の声がした。

「石橋です。先日の捜索の結果が判明したんですよ」

「それで、どういうことに？」

「それがですね、ちょっと言いにくいんですが……深刻な事態になりそうなんです」

「深刻な事態？　何のことやの」

彼女は、胸騒ぎをおぼえた。

「検事さん。とにかく資料をお見せして説明したいと思うんですが……」

「いいわよ。すぐにきてちょうだい」

「いいえ。そこじゃなくて、どこかほかの場所でお話ししたほうがいいと思うんですがね。たとえ坂上さんでも、これは検事さんご自身の問題でもありますから……」

「それだったら大丈夫。私にまかせておいて」

「わかりました。それじゃ半時間後にうかがいます」

「待ってるわよ」

と受話器をおくと、彼女は、坂上事務官に、こう言った。

「坂上くん。本庁へ書類を届ける予定でしょう。これから、すぐに出かけてよ」

「承知しました。いまやってる記録調査が一段落してからでいいですか？　十分ぐらいで終わると思いますが……」

「けっこうよ」

と彼女はうなずく。

坂上事務官が本庁へ出かけてから、しばらくすると、石橋警部補がやってきた。

「風巻検事さん。これが鑑識の資料なんです。これを読んでいただければ詳細がわかると思いますが、とりあえず、私から説明しましょう」

そう言って、石橋警部補は、鑑識課員が作成した資料を彼女のデスクの上に置いた。

彼女は、それを手にとり、視線を走らせる。

石橋警部補が電話で言った通り、このデータによれば、予想外に重大な結果を招きかねないかに思えた。

彼女は資料から顔をあげると、震える声で言った。

「石橋さん。調理用ナイフの血痕は、鑑定の結果、寺島周二さんのものであることが判明したなんて、この資料には記載されているけど、ほんと？」

「おっしゃる通り、事実なんです。血液型はもちろんのこと、ＤＮＡ鑑定の結果からも、それは言えます」

「それじゃ、寺島さん宅の通いのお手伝いさんは、どう言ってるのん？　このナイフを見せたんでしょう？」

「もちろん見せました。寺島さん宅のキッチンにあった調理用ナイフだと彼女は言ってます」

「でも、おかしいんやない？　被告人の栗山昌雄の供述によれば、寺島周二さんを殺害したときの凶器は、キッチンにあった調理用ナイフで、犯行現場から逃げる途中、どこかの家の前に出してあった黒いゴミ袋の中へ突っこんでおいたというんでしょう？　あの供述は、でたらめだったって言うの？」

「いや、そうとは限りませんが、栗山昌雄の自白には、一部、誤りが含まれていたのは認めざるを得ません。とは言いましても、いまの段階で栗山昌雄から事情を聞くわけにはいきませんよね。すでに彼の公判がはじまっているわけですから、いまさら彼を取り調べの対象にするなんて捜査方法としても行き過ぎです」

「そういうことやわね。起訴された被告人を警察が取り調べるなんてことは、原則として許されないんよ。公判がはじまれば、捜査段階は過ぎてしまっているんだから……」

「いずれにしましても、目下、公判中の栗山昌雄は犯人ではなく、真犯人は別にいると決めてかかるわけにもいかないんです。ただ、その疑いがあるというだけで……」

「とにかく私が入居している公務員住宅五〇三号室のキッチンの換気口のなかに、寺島周二さん殺害の凶器が隠されていたなんて、私にしてみれば、それこそ青天の霹靂なんよ。わかる？」

「ええ。わかっていますとも。検事さんにしてみれば、たいへんな迷惑でしょう」

「迷惑なんて、なまやさしいことやなくて、私が寺島さん殺害の犯人だと言われても、申し開きはむずかしくなるもんね。何しろ五〇三号室で犯行の凶器が発見されたんやから、これが動かぬ証拠じゃないかと決めつけられたら、どうやって弁解するのん？」

「いや、検事さん。その心配はいりません。まあ聞いてください」

「どういうこと？」

「換気口のカバーに明瞭な指紋が一個、残されていたんですよ。もちろん、それは検事さんの指紋じゃありません」

「その指紋が特定できたん？」

「特定できました。先日、お話ししたと思いますが、寺島周二さん宅の居間のガラス窓から検出されている二個の指紋のうちの一個だったんです」

「二個の指紋というと、人差し指と中指の指紋だとか言ってたあれのこと？」

「そのうちの人差し指の指紋とピッタリ一致したんですよ」

「まあ。それやったら寺島さん宅に侵入した人物が、私の住まいにも侵入し、キッチンの換気口のなかへ凶器の調理用ナイフを隠したってことになるやないの？　しかも被害者の血痕がこびりついた凶器なんやから……」

「そうです。狙いは、明らかに検事さんを犯人に仕立てあげるためですよ」

「何のために？」

「犯人の目的は、わかりません。しかし、例の匿名の投書を三回も送ってよこしたり、ホルマリン漬けにした三宅裁判官の耳を郵送してきたのと同一人物じゃないかという気がします」

「なぜ私に、そんな悪質な嫌がらせをするのやろう？　人に恨まれるようなことはしてへんのに……」

「いずれにしましても、検事さんを罠に陥れようと企んでいる悪質なやからがいるのは間違いないと思います。何のためかは、わかりませんがね」

「石橋さん。いま、ふと気がついたんやけど、犯行当時、寺島周二さん宅に出入りした人の動きを考え直してみたら、何かわかるのと違う？　例えば、事件当日、私が一一〇号室を立ち去ったのは、午後十時。それから十五分後に、性別不明の怪しい人影が一一〇号室へ入るのを見たと、小林弘は証言しているわね。一応、あの証言を信用するとして、そのあと一一〇号室をたずねたのは誰だった？」

「言うまでもなく、被告人の栗山昌雄です。彼が一一〇号室で何をしたか、それについては、本人の自白調書が唯一の手がかりなんですけど、こうなってみると、それを全面的に信用していいかどうか、疑わしくなってきますね」

「ちょっと待ってよ。決めつけるのは、まだ早いわ。何よりも被告人の栗山昌雄が犯人であるかどうか疑わしいなんて、いまの段階では軽率に判断できないもんね。私が思うに、むしろ疑わしいのは、小林弘が目撃したという男女不明の怪しい人影よ。仮に、それを第三の人物としておきましょう」

「第三の人物ね。そいつが怪しいというわけですか？」

「犯人だと言ってるんやないのよ。ただ、その行動に不審なところがあるのは確かやと思うのよ」

「なるほど」

石橋警部補は、うなずいた。

風巻やよいは言った。

「何はともあれ、こうなってみると、小林弘の証言がにわかにクローズアップされてきたわけよ」

「そうですね。その第三の人物こそが、一一〇号室の居間のガラス窓に人差し指と中指の指紋を残した。そのうち人差し指の指紋が、検事さんのお住まいである五〇三号室のキッチンの換気口のカバーから検出された。こういうことになるんですかね？」

「そうなんよ。その第三の人物がよ、五〇三号室へ侵入し、寝室の宝石箱から例のブローチを盗み出したんよ」

「検事さん。そのことですけど、宝石箱からは残念ながら、怪しい指紋は検出されていないんですよ。多分、第三の人物は細心の注意を払い、指紋を残さないように気を配っていたんでしょうけど、どういうわけか、換気口へ凶器の調理用ナイフを隠すときに、人差し指の指紋を残してしまった。おそらく、気持ちが動揺していたからでしょう」

「問題は、第三の人物が五〇三号室の合鍵を、どうやって手に入れたのか、このことやわね。これまで、五〇三号室のドアの施錠が壊されていたなんてこともないし、ベランダから何者かが侵入した形跡も一切なかったわけやから、犯人は合鍵を持っていたとしか考えられへんわ」

「その点は、私のほうで調べます。ただですね、第三の人物が、検事さんのブローチを寺島周二さんが暮らしていた一一〇号室のベランダの下へ置いたとすれば、すでにそれ以前に、検事さんのお住まいである五〇三号室へ侵入し、例のブローチを盗み出しているはずです。しかもですよ、そのブローチには、寺島周二さんの血液が付着していたわけですから、少なくとも犯行前にブローチを盗み出していることになるんじゃありませんか？」

「すると第三の人物は、二度におよんで私の住まいに忍びこんだ。そう考えるのが筋やないかと言うんやね？」

「ですから第三の人物の行動としては、まず検事さんがお住まいになっている五〇三号室へ侵入し、室内を物色したうえ、検事さんのネームの入ったブローチを見つけ、そいつを盗み出した。おそらく検事さんを罠にはめるうえに必要な何かを物色するために、五〇三号室へ侵入したんだと思います」

「それで？」

「その後、第三の人物は、寺島周二さんの一一〇号室で犯行におよんだ。そのさい、寺島さんの血液をブローチになすりつけ、逃亡のさいに、ベランダの下へ故意に残しておいた。われわれ初動捜査班が捜索したとき、ベランダに面する居間のガラス窓が施錠されていなかったのも、そのためでしょうし、ガラス窓に人差し指の指紋が残ったのも、やはり、そのときのことでしょうね」

「つまり、それ以後に再度、私の住まいへ忍びこみ、キッチンの換気口のカバーをはずして、寺島さんの血痕が付着した凶器の調理用ナイフを透明ビニール袋にくるんで隠した。これが二度目の侵入というわけやね？」

「一応、そういう推理が成り立つと思うんです。しかし、ひとつ疑問があります。もしもですよ、われわれが検事さんのお住まいになっている五〇三号室を捜索しなかったなら、被害者の血痕のついた調理用ナイフも発見できなかったわけでしょう？　そうなると、検事さんを罠に陥れようという第三の人物の思惑が、見事にはずれるじゃないですか？」

「いいえ。それは違うわ。第三の人物は、頃合いを見計らって警察へ匿名の電話を入れるとかして、私の住まいである五〇三号室を捜索するように仕向けることもできるわけよ。そればかりやないわ。犯人としては、警察が五〇三号室を調べるのに決まっていると自信をもっていたんやないやろうか？」

「自信ですって？　それは、また、どういうわけですか？」

「考えてもみてよ。例のブローチが犯行現場である一一〇号室のベランダの下から見つかったわけでしょう。そのブローチが私のものだってことは、ネームが入っているから、すぐにわかる。そうなると、必ずや警察は五〇三号室も捜索するに違いないと、犯人は計算していたのかもしれへんわね」

「なるほど。もし計算通りいかなければ、そのときは検事さんのおっしゃったように、匿名の電話を入れるとか、場合によっては匿名の投書ということもあるでしょう。実際、第一回公判前に、すでに検事さんのところへ匿名の投書を送ってよこしたのも、第三の人物に違いないでしょうから、そういう手口が得意なんですよ、そいつはね。もっとも三宅裁判官のホルマリン漬けの耳については、匿名の投書なんて生やさしいものじゃなく、もっと重大で深刻な意味があると思いますが……」

「石橋さん。被告人の栗山昌雄の自白についての評価なんやけど、これだけは言えるわね。栗山昌雄は、凶器の調理用ナイフを逃亡のさい、どこか場所はわからないけど、路上に出ていた黒いゴミ袋の中へ突っこんでおいたと、そう言ってるけど、少なくとも、この点はデタラメやわね。取り調べのさい、厳しく追及され、返答に困って、栗山昌雄は適当な思いつきを口にしたんやないの？」

「さあね。犯行を自白してしまったんだから、凶器のことなんか、どうでもいいというわけで軽く考えていたんですかね？」

「その可能性もあるわね」

「ところで検事さん。話は変わりますが、新しい情報が入りましたので、一応、お伝えしておきます。紀代未亡人のことなんですよ」

「未亡人が、どうかしたの？」

「聞き込みの結果、被告人の栗山昌雄のために青山弁護士の弁護料を用立てたり、調査費用を都合したのは、ほかならぬ紀代未亡人だったんですよ」

「どうして紀代未亡人が栗山昌雄のためにお金を出したりするの？」

「いや、われわれにとっても思いがけないことでしてね。紀代未亡人は、われわれがネタをつかんでいるってことがわかると、否認しても仕方がないとあきらめたのか、率直に話してくれましたよ」

「それで？　どういうことなん？」

「これは、まだ寺島夫妻が別居する以前のことなんですけど、紀代未亡人には、赤塚宏《あかつかひろし》という恋人がいるんですよ。いまもずっと二人の関係はつづいています」

「どういう人なん？　赤塚とかいう人……」

「紀代未亡人の学生時代のボーイフレンドで、二人は結婚の約束までしていたらしいんですが、紀代未亡人の亡父である大物弁護士の強い意向で、仕方なく彼女は寺島周二さんと結婚したわけです。つまり紀代未亡人としては、亡父の機嫌を損じないためでして、結婚後も赤塚宏との関係は、ずっとつづいていたわけです。寺島周二さんにしてみれば、結婚生活をつづけているうちに、どうやら紀代未亡人には恋人がいるらしいと勘づいたんでしょうけど、それが誰であるかは知らなかったというんです」

「寺島さんも気の毒な人やわね。いいえ。紀代未亡人だって、気の毒と言えば気の毒やわ。夫に隠れて恋人と密《ひそ》かに会わなければならなかったんやから……」

「そうですかね。夫に隠れて密会するなんてのは、性的興奮を掻き立てるんじゃないですか？」

と言って石橋警部補は、にやっと笑う。

「まあ。石橋さん。あなた経験あるの？」

「と、とんでもない。私は、そんな器用な真似《まね》のできる男じゃありませんよ」

「さあ、どうだか……とにかく冗談は別にして、紀代未亡人の恋人のことを話してちょうだいよ」

「わかりました。赤塚宏はですね、中堅どころの証券会社のセールスマンでして、紀代未亡人の亡父が生存していたころから、投資顧問のような役割を果たしていたんです。もちろん、いまもですが……ただし紀代未亡人の投資顧問であって、生前の寺島周二さんとは縁がないんです。寺島周二さん自身に資産はありませんから、投資顧問なんて、お呼びじゃないですからね。いや、赤塚宏のほうが、寺島周二さんを敬遠していたんでしょうけど……ところが栗山昌雄が、紀代未亡人と赤塚宏との関係を嗅《か》ぎつけ、それをネタに未亡人を強請《ゆす》っていたんです」

「まあ。なかなかの悪党やね」

「未亡人を恐喝して金を捲《ま》きあげるだけならまだしも、肉体関係まで求めたというんですから、とんでもないワルです。いや、未亡人のほうだって、けっこう男好きだという噂ですから、ひょっとしたら、自分のほうから栗山昌雄を誘惑したのかもしれませんが、未亡人は認めようとしませんでした」

「そりゃ、未亡人にしてみれば、認めたくないでしょうね。名誉なことやないんやもん。それで弁護料や調査費用については、どういうことなん？」

「実を言うと、被告人の栗山昌雄が事件当日、寺島周二さんの住まいである一一〇号室をたずね、金の無心をしたのは、その前日に紀代未亡人に断られたからなんです」

「借金の申し込みをしたのに、未亡人に断られた。それで翌日、寺島周二さんのところへ出かけ、お金の無心をしたってわけ？」

「そうなんです。ところがですよ、未亡人に言わせると、どういう経緯かよくわからないが、寺島周二さんが殺害され、その容疑者として栗山昌雄が逮捕され起訴された。未亡人にしてみれば、何だか自分に道義的責任があるような気がしてきて、栗山昌雄との過去の関係にしても、できるものなら世間に知られたくない。そういう思惑があって、かねてから何かにつけて相談ごとをもちかけていた青山弁護士に電話を入れ、事情を打ち明け、栗山昌雄の弁護を頼んだというわけです。しかし、ひとつ条件がありました」

「わかった。その条件は、多分、こういうことやないの？　青山弁護士は、勾留中の栗山昌雄と自由に面会できる立場にあり、このさい、未亡人との過去の関係を栗山昌雄は一切秘密にしておく。取り調べの刑事にも話さないように因果を含める。その代償として、高額の弁護料も支払うし、調査費用も都合する。こういう裏の取り引きを、紀代未亡人と青山弁護士がしているんやないの？」

「ずばり、おっしゃる通りです。何しろ赤塚宏には妻子があるわけですから、栗山昌雄の口から警察を通じてマスコミに情報がもれ、ことが公になったらまずい。この点についても、青山弁護士は、栗山昌雄をしっかり押さえておく。こういう裏工作があったというんです。とにかく紀代未亡人が、そう言ったんですから事実なんでしょう」

「呆れた話やわね。資産家の未亡人が、やりそうなことやわ」

何はともあれ、寺島周二は、とんでもない悪女を妻にしたものだ。

そういう不幸な結果になったのは、彼自身が選んだ道とはいいながら、風巻やよいにしてみれば、やはり彼が気の毒でならなかった。

6

日曜日の朝のことだった。

風巻やよいは、このところ多忙な毎日がつづいて睡眠不足だったから、今日こそは、ゆっくり朝寝しようと思っていたところへ、電話で起こされた。

彼女は、寝ぼけ眼《まなこ》をこすりながら受話器をあげて、

「もしもし……どなたですか？」

と問いかけた。

彼女は、自宅へかかってきた電話には、自分のほうからは名乗らないことにしていた。

何よりも、きわめて親しい間柄の人たちにしか電話番号を教えていなかったし、電話帳にも番号を掲載していない。

検察官という職務上、被疑者や被告人、その関係者などから逆恨みされることもあり、身の安全のためにも、その程度の注意は必要だった。

「風巻検事さんですね。石橋です。日曜の朝なんかに、ご自宅へ電話して申しわけないと思いながらも、やはり今日の朝刊のことが気になりまして……ご覧になったんでしょう？　朝刊を……」

「朝刊？　いいえ。まだ見てないけど……何かあったん？」

「風巻検事さんのことが、社会面のトップにデカデカと載ってるんです……公判担当検事の自宅の換気口に、寺島周二殺害事件の凶器が発見されたって……」

「えっ！……ほんと？」

風巻やよいは、心臓が止まりそうな衝撃に打たれた。

石橋警部補の興奮した声がつづく。

「いまのところ、『新日本新聞』の独占記事になっていますが、今日の夕刊では、他紙も追従するでしょう」

「ちょっと待ってよ。新聞を取ってくるから……」

と彼女は電話を保留にしておいて、パジャマのままベッドを飛び出し、玄関ドアまで駆け寄った。

郵便受けから朝刊を引っ張り出し、急いで視線を走らせる。

彼女は全国紙三紙を購読しているが、石橋警部補が言った通り、そのうちの「新日本新聞」だけが、社会面トップという派手な扱いで、事件を報道していた。

「新日本新聞」は、裁判所や検察庁、警察など権力機構の恥部を暴き、必要以上に過大に報道することで知られていた。ほんの些細《ささい》な出来事でも、オーバーな表現を用いるなどして、まるで鬼の首でも取ったようにセンセーショナルに報道するのが、新聞の高貴な使命だとでも信じているかのようだ。

まして検事の自宅の換気口から、その検事が担当している殺人事件の凶器を警察が発見したともなれば、「新日本新聞」ならずとも、好き放題に書きまくることだろう。

その朝刊を手にして電話のところへ戻った彼女は、通話をオンに戻すと、

「石橋さん。あなたの言った通りやわ。いったい誰が情報をもらしたんやろう？」

「それを、いま調べている最中なんですよ。朝刊を見て、とるものもとりあえず、日曜出勤しましてね。心当たりを片っ端から電話しているところです」

「それにしても、悪質な情報の漏洩《ろうえい》やわ。だって凶器の調理用ナイフが換気口から見つかったことは書いてあるけど、換気口のカバーから発見された指紋とか、寺島さん殺害現場である一一〇号室の窓ガラスに残されていた指紋のことなんかは、ただの一行も書いてないわ。ということは、『新日本新聞』の記者がよ、調理用ナイフが発見されたことしか聞かされていないわけよ。つまり私にとって、命取りになりそうな情報だけを記者に提供し、第三の人物の介在を暗示するような事実は、まったく提供されていないってことでしょう」

「おっしゃる通りですよ、検事さん。私が思うに、多分、そういう悪質な意図で記者に情報を提供したのは、例の第三の人物じゃないかという気がするんです」

「同感やわ。すべての企みは、第三の人物の仕業なんよ。ところで誰が情報をもらしたのか、石橋さんには心当たりがあるの？」

「いいえ、全然……捜査チームのメンバーや鑑識課員がもらしたとは思いたくないんですが、こういうことになってみると、やはり……」

「ちょっと待ってよ。例の鑑定書ね。私もコピーをもらってるけど……あれは、私がコピーをもらった翌日、佐竹公判部長に提出してあるんよ。もちろん事情を打ち明けてね。問題は、鑑定書の原本なんやけど、あなたが持ってるの？」

「いや、私の上司の刑事課長が保管しています。あの鑑定書を課長が自分のデスクの後ろの金庫にしまうところを、私、見ているんです。金庫のダイヤル錠の番号を知っているのは課長と署長しかいないんですから、外部にもれるおそれはないと思うんですがね」

「でも、鑑定書を作成したのは、鑑識課員でしょう？」

「その通りですが、フロッピーも一緒に預かり、課長が金庫の中へしまっていますよ」

「しかし、その鑑識課員は事実を知っているわけやから、親しい記者に情報を提供することはできるわね」

「そりゃできるでしょうけど、そんなことをするやつは一人もいませんよ。だいいち鑑識課員にしろ、私の捜査チームのメンバーにしろ、誰一人として風巻検事さんを恨んだりしていません。尊敬しているとしてもね」

「尊敬しているとは思わないけど……でも、薄気味悪いわね」

「まったくです。とにかく、そんなことじゃなくて、私には、ちょっとした引っかかりがあるんです。詳細は、まだお教えするわけにはいきませんが、四、五日のうちに必ずや真相を突きとめてみせます」

「引っかかりって何のこと？」

「いまは、ちょっとまずいんです。確認がとれていませんので……では、とりあえず、これで……この先、多忙な毎日になりそうです」

そう言って石橋警部補は、あたふたと電話を切った。

その直後に、またもやコールサインが鳴った。

受話器をあげると、佐竹公判部長の野太い声がした。

「いま、『新日本新聞』の朝刊を読んだところだ。困ったことになったよ。何よりも、どういうルートから、こんな情報がもれたのか、それが知りたい。いやね、きみから提出してもらった警察の鑑定書の内容は、私が熟知しているから、きみが罠にはめられようとしているってことは察しがつくんだ。しかし、その情報を悪用して、マスコミにもらしたやつがいる。そうでなくては、こんな一方的な記事にはならないはずだ。そうだろう？」

「おっしゃる通りです、部長。私を貶《おとし》めるために、誰かが暗躍しているってことは推測できるんですが、私には見当がつきません。ただ石橋警部補には、その点、何かの引っかかりがあるらしくて、徹底的に捜査してみると、いましがた、石橋警部補から電話があったばかりなんです」

「引っかかりだって？　いったい何だろう？」

「いまは聞かないでくれと彼は言っていました。なぜかわかりませんけど……」

「それも、また妙な話だな。なぜ聞かせられないのか、せめて理由くらいは教えればいいのに……」

「おっしゃる意味はわかりますが、私としては、石橋警部補がそう言うからには、きちんとした理由があるからだと思うんです」

「わかった。それじゃ石橋警部補の捜査に期待するとして、月曜日の公判のことだがね。それが心配で電話をしたんだよ」

「栗山昌雄の公判のことをおっしゃっているんでしょう？」

「そうだ。こういうセンセーショナルな新聞記事が出たからには、青山弁護人は、このときとばかりに攻勢をかけてくるだろう。おそらく青山弁護人は、きみを証人席に座らせ、追及するつもりなんだよ。そうなると裁判所としても証人調べの決定を下すよりほかないだろう」

「それは予想されますわね」

「その場合どうするか。まさか、きみ、証言するつもりじゃないだろうね？」

「ことと次第によっては、証言してもいいと思っています。いけませんでしょうか？」

「待ちたまえ。それは、まずいんじゃないのか？　青山弁護人は、何かにつけて戦闘的な弁護士だから、きみが証人席に座ったが最後、とことん食いつき、苛《いじ》め抜いて、きみを窮地に陥れ、恥をかかせるつもりでいるんだよ。マスコミ関係者が、わんさと傍聴にやってくるだろうから、青山弁護人にしてみれば、絶好の宣伝になるしね。その場合、きみ一人の問題ではなくなるんだ。われわれ検察の威信に傷がつくようでは困るからな。その意味からも、月曜日の公判には、本庁からベテランの公判検事を差し向け、審理に立ち会わせるから、きみは法廷へ出ないでもらいたい。わかるね？」

「いいえ。それはかえってまずいと思います」

「どうしてだね？」

「だって私が欠席すれば、シッポを巻いて逃げたとみられ、マスコミはさんざん書きたてるでしょうし、青山弁護人にしても、お得意の検察批判の弁論を滔々とぶちあげるに違いありません。ですから、何がどうあろうとも私は欠席できないんです。もしもですよ、月曜日の公判で、裁判所が在廷証人として私に証言を求める決定を下すならば、私としては、むしろ歓迎すべきことだと考えているんです」

「歓迎すべきことだって？　どういう意味なんだね？」

「考えてもみてください、部長。このさい、私としては、何者かが私を罠にはめようとしており、私自身は潔白だってことを堂々と証言し、世間の誤解を解くほうが賢明じゃないでしょうか？」

「ちょっと待てよ。きみの言う通り、堂々とみずからの潔白を披瀝《ひれき》し、世間の誤解を解くことができればいいが、何しろ相手は青山弁護人だからね。彼女のやり口は、ときとして卑劣なものになりがちだ。ご本人は、弁護人として当然のことをしているまでだと思いこんでいるらしいが、われわれの目からみると、鼻持ちならない売名家だよ」

「よくわかっています。ですけど大丈夫ですわ。ご心配には及びません。見事に切り抜けてみせますから……私を信じていただきたいんです」

風巻やよいは、熱っぽい口調で上司を説得した。

佐竹公判部長は、しばらく考えこんでいる様子だったが、やがて、こう言った。

「わかったよ。きみが、そんなにまで思いつめているのなら、思う存分やってみなさい。ただし月曜の公判には、井口《いぐち》副部長を立ち会わせるからね。何かあったときのために、彼がそばにいたほうが心強いだろうから……」

「わかりました。井口副部長だったら、私の考えをご理解いただけると思います。公判前に、井口副部長とよく打ち合わせをしておきましょう」

「そうしたまえ。私からも井口副部長に事情を説明しておくからね。では、これで……」

と言って、佐竹公判部長は電話を切った。

副部長の井口光彦《みつひこ》は、頭のきれるやり手のベテラン検察官で、いずれは部長クラスのポストにつくことが予定されている検察幹部の一人だった。人間的にも味のある人物で、風巻やよいが心から尊敬する先輩検察官である。

7

翌週の月曜日、予定通り被告人栗山昌雄の公判が開かれた。

傍聴人席は、マスコミ関係者や一般の傍聴人で満席だった。

傍聴券を手に入れるのに、前夜から裁判所前に長い列ができていたくらいで、この事件に対する世間の関心が、いかに高まりつつあるかを如実に示している。

コバルトブルーの仕立てのいいジャケットにロングパンツという颯爽《さっそう》としたスタイルで弁護人席に立った青山まどかは、多数のマスコミ関係者や傍聴人の視線を意識してか、頰《ほお》を紅潮させ、大見得を切るかのように背筋をすっきり伸ばし、よく聞きとれる明瞭な声で滔々と弁論を行った。

「裁判長。マスコミの報道によれば、本件立ち会い検察官である風巻やよい検事の自宅の換気口から、本件被害者である寺島周二の血痕が付着した調理用ナイフが発見されたことが明らかになっています。要するに、この調理用ナイフは本件殺人事件の凶器にほかなりません。ご承知のように、本件審理の過程において、寺島周二殺害の凶器は行方不明であって、被告人栗山昌雄の警察における自白調書によると、被告人が現場から逃走する途中、民家の家の前にあったゴミ袋の中へ遺棄したとなっています。ところが、奇《く》しくも、その凶器が風巻検事の自宅の換気口に隠匿されていたというわけです。この事実こそ、まさに自白調書なるものが、警察のデッチあげであったことを示す何よりの証拠にほかなりません。さらに本件殺人事件の真犯人は誰であったのか。言うまでもなく凶器を隠匿していた者こそ真犯人と考えるべきではないでしょうか。そこで弁護人としては、このさい、風巻やよい検事を在廷証人として、その証言を求めたく、再度、申請いたします。以前の公判において、風巻やよい検事の証人尋問を申請いたしましたが、決定が下されないまま留保されています。重ねて申しあげます。今日の法廷では、ぜひとも風巻やよい検事を在廷証人として尋問することを許可していただきたく、お願いいたします」

そう言って、青山まどかは検察官席に座っている風巻やよいに向かって、勝ち誇ったような眼差しを投げかけた。

そんな青山まどかを無視するように、風巻やよいは、三人の裁判官が法壇の上で互いに顔を寄せ合い、ひそひそ声で合議している様子を見るともなしに眺めていた。

すでに彼女としては、必要とあれば、今日、この法廷の証人席に座り、不当にも容疑者扱いされようとしている事情を説明し、神に誓って自分は潔白であることを明らかにする決意を固めていた。

しかし、いま傍に座っている副部長の井口光彦の意向は、そうではないらしい。今朝方、宇治支部で顔をあわせたとき、彼はこう言った。「このさい、うっかり証人席に座ったりすると、青山まどかの卑劣な戦術の罠に陥り、かえって事態の悪化を招くのではないか」と。

どうやら、彼は、そのことで心を痛めている様子だった。

しかし、彼女の決意がゆらぐことはなかった。青山まどかごときの仕掛けた罠に簡単にはまりこむほど柔《やわ》な女ではないという自負が彼女にはあったからである。

久米川裁判長は合議を中断し、検察官席に向かって、こう言った。

「検察官。ただいまの弁護人の申請について、検察側としての意見を聞かせてください」

「承知しました」

と井口副部長が答え、立ちあがろうとしたとき、風巻やよいが彼の腕をちょっと押さえるようにして、「副部長。私にまかせてください。お願いします」と低い声で翻意をうながしておいて、

「裁判長。私は目下、身に覚えのない疑惑の渦中にあり、たいへん迷惑していいます。幸いにも、ただいま青山弁護人より、私を証人として尋問したいという申請がありましたので、私としては、ぜひとも、この機会に身の潔白を明らかにしたいと考えます」

「なるほど。そういうことなら……」

と久米川裁判長は、両側の陪席裁判官たちの意見を聞いたうえで決定を下した。

「では、風巻検事。証人席へどうぞ」

彼女はうなずき返し、靴音を響かせながら、落ち着いた態度で証人席に立った。

もう、こうなると井口副部長としても、あえて異論を差しはさむつもりはないらしく、憮然《ぶぜん》とした顔つきで審理の経過を見守っていた。

「それでは、風巻検事。宣誓をしていただきましょう」

と言って、久米川裁判長は、率先して立ちあがった。

それが合図であったかのように、両陪席裁判官をはじめ、法廷に居合わせた一同が起立した。

風巻やよいは、廷吏から手渡された宣誓書を手にとり、淡々とした口調で朗読した。

「良心に従って、ほんとうのことを申し上げます。知っていることをかくしたり、ないことを申し上げたりなど決していたしません。右の通り誓います」

朗読のあと、彼女は宣誓書の末尾に署名捺印し、廷吏に手渡した。

宣誓のあと、久米川裁判長は彼女に向かって型どおり説諭した。

「風巻検事。ご存じでしょうけど、いま宣誓したように真実を述べてください。記憶に反した証言をすると、偽証罪として処罰されることもありますので、留意されるように……」

「よくわかっています」

「では、弁護人。主尋問を……」

久米川裁判長にうながされ、青山まどかは、すくっと立ちあがり、底意地の悪い視線を風巻やよいに注ぎながら、主尋問を開始した。

「風巻検事。これからいろいろと質問しますが、率直に答えてくださいね。もってまわった表現をしないように……」

人を見下すような態度で言うと、青山まどかは、あらかじめ用意していたメモを手にとり、視線を落としながら、

「新聞報道によれば、あなたのお住まいである公務員住宅五〇三号室のキッチンの換気口に、本件凶器の調理用ナイフが、ビニール袋にくるんで隠されていたそうですが、間違いありませんか？」

「その調理用ナイフが、キッチンの換気口のなかから発見されたのは事実ですが、隠されていたという表現は不適当です。私が隠したのではありませんから……」

「では、何と言えばいいんですか？」

「そうですね。私の立場から言えば、悪質な罠に私を陥れるために、何者かがそ

こに仕掛けておいた調理用ナイフであると言うべきでしょう」

「風巻検事。注意しておきますが、証言には主観を交《まじ》えてはなりません。客観的表現を用いてください。あなたも法律家なら、当然にご存じのはずですが、いま聞いていると、そうでもなさそうですから、念のために注意しておきます」

青山まどかは、唇に薄笑いを浮かべながら、そんなことを言うのだ。

風巻やよいは、黙ってやり過ごす手はないと考えて、

「弁護人。あなたも法律家なら、おわかりのことと思いますが、証言するのは私自身なんですよ。したがって、当然に私の主観が入ります。それを客観的立場から、どのように解釈するかは、裁判長が判断されることであり、弁護人であるあなたが口を差しはさむべき問題ではありません。おわかりですか？　弁護人」

これは参ったという顔をして、青山まどかは一瞬、気後れした様子だったが、やがて気を取り直し、まるで何ごともなかったかのような涼しげな表情に戻って、

「問題の調理用ナイフですが、それを発見したのは、警察ですね？」

「そうです。石橋警部補のチームが五〇三号室を捜索した結果、発見したわけです」

「なぜ、警察が五〇三号室を捜索したんですか？」

「これは、石橋警部補と私とが協議して決めたことです」

「何を協議したんですか？」

「過日、本法廷において、私のネームの入ったブローチが弁護側の証拠として提出されました。発見者である調査マンの植田浩一の証言によると、寺島周二殺害事件の現場であるマンション一一〇号室のベランダの下に、そのブローチが遺留されていたというんです。しかし私にしてみれば、まったく身に覚えのないことであり、おそらく、何者かがひそかに私の住まいである公務員住宅五〇三号室へ侵入し、宝石箱から、そのブローチを盗み出し、寺島周二の血液を付着させ、わざわざ一一〇号室のベランダの下へ置いたのに違いないんです。そこで五〇三号室のどこかに不法侵入者がつけた指紋なんかが残されていないか、その点を石橋警部補のチームにチェックしてもらったわけです。その結果、思いがけずも、キッチンの換気口のなかから凶器の調理用ナイフが発見されたという経緯になります」

「うかがいますが、そのブローチが入っていた宝石箱とか、その周辺から怪しい指紋でも検出されたんでしょうか？」

「検出されていません」

「それじゃ、結局のところ、ブローチを盗み出した犯人を特定するに足りる証拠はひとつも見つからなかったというわけですか？」

「それは何とも言えません。凶器の調理用ナイフを換気口のなかへ入れておいた人物が、ブローチを盗み出した可能性もありますから……ただ、宝石箱の中からブローチを盗み出すときは、手袋をはめるとかして、指紋なんかの証拠を残さないように、細心の注意を払っていたからに違いありません。しかし、調理用ナイフを換気口のなかへ入れておくときには、誤って、指紋を残したものと思われます」

「指紋を残した？　それ、どういう意味ですか？」

「実を言いますと、換気口のカバーに明瞭な指紋が一個検出されたんです。もちろん、私の指紋ではありません。この関係のデータや資料については、警察に保管されていますから、ご覧になれるでしょう」

「しかし換気口のカバーに指紋が残されていたなんて、マスコミは報道していないんですがね。なぜでしょうか？」

「その理由は明白です。調理用ナイフが発見されたという情報をマスコミに提供した人物が、換気口のカバーの指紋については、まったく気づいていないか、それとも知っていながら故意に口をつぐんでいたからでしょう」

「なぜ口をつぐむんですか？」

「それは本人に聞いてみなければわからないことですが、私が思うに、指紋のことは、その犯人の特定に結びつく事柄であり、自分にとっては不利だから、ふせておいたんでしょう。それしかほかに考えられません」

「ずいぶん断定的なことをおっしゃいますわね。明瞭な指紋とおっしゃいますが、誰の指紋かは特定できたんですか？」

「いいえ。それが特定できたなら、いまごろ逮捕されているでしょう。しかし手がかりはあるんです」

「手がかり？」

青山まどかは眉をひそめた。多分、彼女の情報源は、主としてマスコミの報道であり、ほかに有力な情報源をもっていないらしい。

風巻やよいは、青山弁護人の質問それ自体から、そういう察しをつけた。

風巻やよいは言った。

「実のところ、寺島周二宅の居間のガラス窓から二個の明瞭な指紋が検出されています。人差し指と中指の指紋ですが、誰のものかはわかりません。もちろん、私の指紋でもないし、被告人の栗山昌雄の指紋でもありません。言うなれば、第三の人物の指紋と言うべきですが、その二個の指紋のうち、人差し指の指紋が換気口のカバーに残されていた謎の指紋と一致したんです」

「何ですって？……どういう意味なのか説明してください」

青山弁護人は、不意打ちを食らったように目を丸くしている。

風巻やよいは、淡々とした口調で証言した。

「つまり、こういうことです。寺島周二宅へ侵入した第三の人物が、何かの機会に一一〇号室の居間のガラス窓に人差し指と中指の指紋を残したんです。そのうち人差し指の指紋が、私の住まいである五〇三号室の換気口のカバーから検出されたわけです。ということは、その第三の人物が私の住まいへ侵入し、換気口のなかへ調理用ナイフを故意に入れておいたものと思われます。そのとき、うっかりして換気口のカバーに自分の指紋を残したんです」

「それじゃ、あなたのいう第三の人物が、寺島周二を殺害し、かつ、あなたが犯人であるかのように偽装し、罠に陥れようとした。こうおっしゃるんですか？」

「率直にお答えします。その第三の人物が私を罠に陥れようとしたのは確かだと思いますが、寺島周二殺害の真犯人なのか、どうか、その点はわかりません。さらに捜査を進めてみないことにはね」

「だけど、寺島周二を殺害したのは被告人の栗山昌雄ではなく、その第三の人物かもしれない。その可能性は捨てきれないわけでしょう？」

「だから、なお捜査を進めてみないことには結論は出せないと言ってるんです」

「しかし、『疑わしきは罰せず』というのが刑事裁判の基本ですよね。その論理からいくと、被告人の栗山昌雄が犯人であるか、どうか疑わしい。いや疑わしくなってきた。そう言うべきでしょう？　となると、『疑わしきは罰せず』の原則により、いま、ただちに栗山昌雄に対する起訴を取り消し、釈放すべきじゃありませんか？」

青山弁護人は、自分にとって都合のいい方向へ風巻やよいの証言をねじまげようとしていた。いわゆる我田引水《がでんいんすい》である。

一方、被告人席の栗山昌雄は、突然、自分の目の前に明るい希望の光が射しこんだと思いこみ、興奮してる様子だった。

青山まどかも、思いがけないネタが転がりこんだものだから、気をよくしているらしく、いよいよ調子づいてきた。

「風巻検事。要するに、あなたとしては本件起訴を取り消すつもりはない。こう言うんですか？」

「そうは言ってません。目下のところ、そのつもりはないとお答えしたまでです。何よりも、起訴の取り消しなんてことになると、上司の決裁が必要です。私の一存ではどうにもならないことなんです。したがって、いま、その点について、これ以上、お答えはできません」

彼女は、きっぱりと言いきった。

だが、青山まどかは、このときとばかりに、検察攻撃のテンポを早めた。

「風巻検事。あなたの一存では起訴の取り下げはできないと言いますが、公判を担当しているのは、あなた自身であり、上司としても、あなたの意見を尊重するんじゃありませんか？」

「そこらあたりのことは私にはわかりません」

「いいえ。わかっているはずです。あなたが、本件起訴の取り消しを上司に進言すれば、再捜査が行われ、その結果、被告人は釈放される。それが、被告人の人権を尊重する意味においても、必要不可欠なことではありませんか？」

「何度も言いますように、そこらへんのことは、私としてはお答えできないんです」

「いいえ。答えていただきましょう。ぜひとも……」

青山まどかは、どうあっても、自分に都合のいい証言を風巻やよいにさせてやろうと梃子《てこ》でも動かぬ構えを見せた。

そうと察しをつけた副部長の井口光彦は、素早く立ちあがり、異議の申し立てをした。

「裁判長。弁護人は、本証人に執拗に食い下がり、ぜがひにも本件起訴の取り消しを認めさせようと圧力をかけています。こういう尋問の態度は不当であり、許されません。裁判所としては、しかるべき措置をとっていただきたい」

久米川裁判長は、ちょっとうなずいてから、両側の陪席裁判官たちと、しばらくの間、合議していたが、やがて、正面に向き直ると、

「弁護人。本件起訴を取り消すかどうかについては、これ以上、質問をつづけても無意味です。したがって、いまの点については、この程度にしておきなさい。わかりましたね？」

「わかりました」

青山まどかは、ぶすっとふくれっ面《つら》をして、うなずき返しながら、

「では、次の質問に移ります」

と質問事項を書きとめているらしいメモに視線を落とした。

8

メモから顔をあげた青山弁護人は、証人席の風巻やよいを厳しい目で睨みつけながら、

「率直にお答え願いたいんですが、あなたは本件被害者である寺島周二と親しい間柄でしたね？」

「それはもう過去のことです。三年も前に、寺島周二さんとのプライベートな関係は切れています」

「切れたとは言いながら、ときおりは会っていたんでしょう？」

「会っていたわけじゃありません。ただ、裁判所の廊下なんかで顔を合わせたりしたとき、言葉を交わし合ったこともありますし、近くの喫茶店で偶然出会い、一緒にコーヒーを飲んだことがある程度です」

「最近、寺島周二の住まいであるマンションの一一〇号室をたずねたことはありませんか？」

風巻やよいは、ちょっと考えてから、こう言った。

「最近とは、いつごろのことですか？」

「例えば、本件殺人事件が起こった三月八日なんかは、いかがですか？」

どうやら青山弁護人は、事件当日、風巻やよいが一一〇号室をたずねたのではないかと疑っている様子だ。

実際、彼女が一一〇号室をたずねたのは事実であり、嘘をつくわけにはいかない。

風巻やよいは答えた。

「事件当日の三月八日午後七時過ぎに、一一〇号室をたずねました。それから約三時間後の午後十時に帰途についています」

「実際に帰宅したのは、何時ごろでした？」

「午後十一時には、公務員住宅五〇三号室へ帰っています」

「要するに帰宅するまでの所要時間は一時間。こういうことですか？」

「その通りです」

「風巻検事。司法解剖の結果によると、寺島周二が殺害されたのは、事件当日の三月八日午後九時から十一時までの間となっていますね。だとすると、あなたが一一〇号室を立ち去ったとき、すでに寺島周二は殺害されていたと考えることもできますがいかがですか？」

「それはあり得ません。なぜなら私が午後十時に一一〇号室を立ち去るとき、寺島さんがドアのところまで見送ってくれたんですから、殺害されたのは、そのあとのことです」

「要するに、いまの証言は、ご自分のアリバイにかかわることですよね。しかし、そのアリバイの主張には、裏づけがありますか？」

「残念ながら、目下のところ、裏づけはとれていません。事件当日、午後十時に一一〇号室を出てから、団地の入り口で空車のタクシーを拾ったのは間違いないんです。そして城南駅まで、そのタクシーに乗り、あとは私鉄で帰途に着きました。そのときのタクシー会社の社名を覚えていればいいんですが……多分、『あすか自動車』か『やまとタクシー』のどちらかではないかという漠然とした記憶しかなくて……とにかく石橋警部補が調べてくれたんですが、残念ながら該当のタクシーは見つかっていないんです。あのときの私は、早く帰りたいという焦りの気持ちがあって、どこの会社のタクシーに乗ったのか、関心がなかったんだと思います」

「いずれにしてもアリバイの裏づけがない。となると、あなたは困難な立場に陥るわけですが、その覚悟はできているんですか？」

「覚悟ですって？　私は、寺島周二殺害事件とは何の関係もないんです。私の覚悟といえば、本件公判を最後まで維持し、かつ私を罠に陥れようとしている人物を突きとめるべく全力を注ぐことです」

「ずいぶん立派なことをおっしゃるけど、そもそもですよ、あなたは事件当夜、寺島周二宅で約三時間も過ごしているんですよ。そんなに長時間、いったい何を話していたんですか？」

「寺島さんから離婚問題や何やらで相談にのってほしいと電話で頼まれ、事件当夜、一一〇号室をたずねたんです」

「それにしてもですよ、三時間といえば、ずいぶん長いじゃありませんか？　どういうわけで、そんなに長時間を要したんですか？」

「いいえ。三時間と聞けば、長時間のように思えるでしょうけど、人の悩みごとを聞いてあげるとなると、三時間くらい、すぐに経過するものです。青山さんにも、ご経験がおありだと思うんですがね。弁護士をしていらっしゃるんだから、依頼人から深刻な相談ごとを打ち明けられることも少なくありませんでしょう。

そんなとき、あっという間に時間が経過するんじゃありませんか?」

「風巻検事、私を引き合いに出さないでください。いいですか? いまの質問を、もう一度繰り返しますが、約三時間、具体的にどういうことを話し合ったのか、証言していただきましょう」

「すべてを話すわけにはまいりませんわ。だって、すべてを話せば三時間が必要なんですから……」

風巻やよいが言うと、久米川裁判長は、ちょっと顔を綻《ほころ》ばせたかに思えた。

彼女は言葉をつなぐ。

「概略を言えば、寺島周二さんの妻である紀代さんに愛人がいるってことは、ずっと前から彼にはわかっていたんだそうです。そんなこともあって、この一年間、ずっと別居状態がつづいていたんです。しかし、法律上、夫婦であるにもかかわらず、いつまでも別居をつづけているのは好ましくないので、離婚訴訟に踏み切りたいが、いろいろ問題があって決心がつかないんだと彼は言っていました」

「それもまたヘンですね。寺島周二は弁護士なんだから、離婚したければ、訴訟を起こせばいいんじゃありませんか?」

「理屈は確かにそうですが、彼には優柔不断なところがありますし、まして自分自身の離婚問題ともなれば、なかなか踏ん切りがつかない様子でした。一方、紀代夫人が頑として協議離婚に応じてくれないことも、彼の決断を鈍らせている理由の一つになっていたんです」

「寺島周二が離婚訴訟に踏み切れない理由としては、優柔不断な性格のほかに何かあったんでしょうか？」

「こういう話も聞きました。紀代夫人の顧問弁護士は青山まどかさんですわね。もし寺島さんが、夫人を相手に離婚訴訟に踏み切れば、必ずや青山弁護士が夫人の代理人として法廷にあらわれるだろうし、そうなると、いよいよ面倒なことになると、寺島さんは悩んでいました。なぜ面倒なことになるのかとたずねたところ、青山弁護士の法廷マナーは、すこぶるアンフェアで狡猾《こうかつ》であり、とてもじゃないが、自分は太刀《たち》打《う》ちできないと、寺島さんは嘆いていましたわよ」

「まあ。ずいぶん失礼じゃありませんか。アンフェアで狡猾だなんて……まったく話になりませんわ」

青山まどかは眉を逆立て、風巻やよいを睨みつける。

風巻やよいは涼しげな顔をして、こう言ってやった。

「青山さん。あなたの法廷マナーがアンフェアで狡猾だというのは、私の意見じゃありませんわよ。寺島周二さんが、そう言ってたんです。私は、ただ真実を述べているだけですから、お気を悪くなさらないように……」

法壇を見あげると、三十代半ばの右陪席裁判官が笑いを嚙み殺しているらしいのが見てとれた。

どうやら青山まどかは、裁判官たちにも好感はもたれていない様子である。

そのこと自体、青山まどかは、一向に気にしていない様子だ。彼女としては、裁判官に嫌われようが、検察官に目の仇《かたき》にされようが、まったく頓着していないのだろう。

彼女は、ただ、あまり賢明とは言えない依頼人や、調子のいいマスコミ関係者の評判を勝ちとり、自分を売りこみさえすれば満足なのだろう。

しばしば彼女が口にする人権擁護うんぬんのお題目にしても、単なるスローガンにすぎず、言うなれば自分を売りこむコマーシャルの感があった。

青山まどかは、質問をつづけた。

「風巻検事。事件当日の三月八日、あなたが一一〇号室を立ち去るさいに、弁護側が先日、提出した例のブローチを遺留したんじゃありませんか？　かつて寺島周二が、あなたへの愛のあかしとしてプレゼントしてくれた例のブローチをつけて彼のところをたずねたとしても、何の不思議もないと思うんですが、いかがですか？」

「とんでもありません。もう、そのとき、あのブローチは盗まれていたんです。彼と別れて以来三年間、そのブローチは一度もつけたこともないんです」

「風巻検事。否定的な答えをする場合、『とんでもない』なんて言わなくても、『いいえ』と答えればいいんです。あなたの証言には、よけいなことが多すぎる」

青山まどかは、証言が気に入らないと、いまのようにカッンと頭にくるような言葉を口にして証人を怒らせるのが、彼女の得意技のひとつであった。

風巻やよいは、おもしろ半分に、こう言い返してやった。

「青山さん。私が、どのような答え方をするか、それは私自身が決めることであって、質問者であるあなたから、いちいち指示されることはありません。そういうあなたのやり方を称して、法廷マナーがアンフェアであるとか、狡猾であるとか寺島さんが言ってたんです。これは青山さんご自身への厳しい批判であると受けとめていただきたいですわね」

このように質問者である弁護人と証人とが、感情の行き違いから言い争っても、久米川裁判長は何も言わない。

多分、久米川裁判長ら三人の裁判官は、緊張をほぐす息ぬきのつもりで、質問者と証人との皮肉めいたやりとりを聞いているのだろう。

一方、青山まどかは、風巻やよいのシッペ返しを真正面から受けとめることはせず、まるで、ひと言も耳に入っていないかのようにクールな表情で質問を続行した。

「風巻検事。先程から、あなたは、何者かが自分を罠にかけようとしているなんて言ってますが、根拠でもあるんですか？」

「根拠は山ほどあります。それに私を罠に陥れようとしているのは、われわれ捜査関係者が言うところの第三の人物である可能性が濃厚です」

「それじゃ、その第三の人物について説明してください」

「いいですとも。まず事件当日における一一〇号室への人の出入りを考えてみる必要があります。その場合、実に興味ある事実が明らかになってきます」

「興味ある事実？」

「そうです。事件当日の午後十時に、私が一一〇号室を立ち去ったことは、すでに証言した通りです。仮に、これを第一の人物としておきます」

「すると第二の人物は、被告人ということに？」

「そうです。被告人の栗山昌雄は、事件当日の午後十時半ごろに一一〇号室をたずねたと言っています。これについては、被告人自身が認めていることでもありますから確かなんでしょう」

「それで、第三の人物というのは？」

「時間的には前後しますが、事件当日の午後十時十五分に、男女不明の怪しい人影が一一〇号室へ入るのが目撃されています。目撃者は、団地に住む小林弘、五十六歳。この男女不明の人物こそが第三の人物ではないかと、われわれ捜査関係者は見こみをつけ、鋭意、捜査中です」

「なるほど。弁護人としても、なかなか興味ある証言です」

と青山まどかは、弁護側にも有利な事実が、風巻やよいの証言のなかに出たものだから、ますます気をよくしているらしく、表情をなごませながら、

「その第三の人物が、あなたを罠に陥れようとしている？　そう言うんですか？」

「あくまでも推測であり、まだ裏づけはありませんが、われわれ捜査関係者は、そう考えています。その人物こそが、一一〇号室の居間のガラス窓に人差し指と中指の指紋を残したんです。さらに、どういう経緯によるものか、まだわかりま

せんが、私の住まいである公務員住宅五〇三号室へ忍びこみ、宝石箱の中から私のブローチを盗み出し、後日、再び五〇三号室へ侵入し、凶器の調理用ナイフをキッチンの天井の換気口へ故意に入れておいたんです」

「待ってくださいよ。二度に及んで第三の人物が、あなたの住まいに忍びこんだというんですね。だとすると、どういう手口で侵入したんでしょうか？」

「多分、五〇三号室のドアの合鍵を持っていたはずです。なぜなら、これまで五〇三号室のドアの施錠が壊されていたとか、ベランダから何者かが侵入したとか、そういう形跡は、まったくなかったんですから、考えられるのは、ただ一つ。合鍵を用いて、いとも簡単に侵入したってことです」

「推理としては、確かに筋が通っていますが、裏づけがなくてはね。いずれにしろ、その第三の人物こそが、真犯人ではないんですか？」

「その点は、まだ明らかになっていません」

「そうでしょうか。被告人栗山昌雄の警察における自白調書によれば、凶器の調理用ナイフは、犯行現場から逃げる途中、どこかの家の前に置いてあった黒いゴミ袋の中へ捨てたとなっていますわね。ところが、その調理用ナイフが、公務員住宅五〇三号室のキッチンの換気口のなかから発見されたというんですから、被告人の自白調書とは大きな食い違いがあります。これはお認めになりますか？」

「それは認めます」

「要するに、警察が作成した自白調書には、事実に反する大きな誤りがあった。これもお認めになりますか？」

「大きな誤りがあったのか、そうでないのか、まだ断定はできません。すべてが明らかになるまで、事実関係はすこぶる流動的ですから……」

「すこぶる流動的ですって？　ずいぶん都合のいい言葉ですわね。よろしいですか？　被告人栗山昌雄の自白調書に、事実に反する事柄が記載されていたとなると、寺島周二を殺害したという自白そのものも怪しくなってきます。先程も言いましたように、『疑わしきは罰せず』という刑事裁判の大原則から言えば、この場合、被告人に対し、無罪の判決が下されるべきだし、その前に検察側としては、被告人に対する起訴そのものを取り消すべきではありませんか？」

「いいえ。何度も言いますように、目下のところ、本件起訴を取り消すつもりは、まったくありません」

「目下のところは起訴を取り消す意思はないが、捜査が進展し、被告人が無実であることが明らかになった場合は、起訴を取り消すことも、やぶさかではない。

そういう意味ですか？」

「起訴を取り消すか、それとも裁判所のご判断によって無罪判決を甘受するか、その時点で上司とも相談して決断する事柄です。いまの段階で、私が軽率に口にすべきことではありません」

われながら、そつのない証言をしたと風巻やよいは思う。

青山弁護人は言った。

「別のことをたずねます。あなたご自身も認めておられるように、本件被害者である寺島周二とは、過去において親しい間柄だった。その彼が殺害された事件について、あなた自身が検察官として公判に立ち会うのは、アンフェアであるとは思いませんか？」

「いいえ。そうは思いません」

「なぜ？」

「彼とは三年も前に縁が切れたわけですから、問題外です」

「縁が切れたと言いますが、事件当日、あなたは寺島周二宅をたずねているじゃありませんか？」

「それは、彼との過去の間柄がどうであるとか、それとは直接関係のないことです。単なる友達として相談にのったまでですから、アンフェアだなんて考えてはいません」

ここで彼女が、上司である佐竹公判部長に対して、本件殺人事件の公判には立ち会いたくないと申し出たにもかかわらず拒否されたことを証言することもできるが、それは言わないほうがいいと彼女は思う。

もっとも、そういう質問が出たなら、彼女としても証言するよりほかないが、いまのところ青山弁護人は、その点には触れていない。

しかし、予期に反して、青山弁護人は意外なことを知っていた。

「風巻検事。いまのことと関連しますが、あなたあてに過去三回に及んで、匿名の投書が送られてきたそうですね。あなたと寺島周二との過去の関係から考えて、本件公判を担当するのはアンフェアではないかと、そういう意味の投書です。これは事実ですか？」

「事実です。いまも言いましたように、私自身、アンフェアであるとは考えていませんし、私の上司も同じ意見です。したがって匿名の投書がどうであろうが、それとは関係なく、本件公判を担当したわけです」

「それから、もう一つ、ホルマリン漬けにした三宅田鶴子裁判官の片方の耳が、あなたあてに郵送されてきたと聞きましたが、事実ですか？」

その質問を青山まどかが口にしたとき、風巻やよいはドキリとした。

匿名の投書やホルマリン漬けの耳のことは、一切報道されていないのだ。となると、青山まどかは、いったい、どういうルートで、それらの情報を入手したのか。

その点についても、捜査する必要があると風巻やよいは思う。

彼女は、いまの青山まどかの質問に、こう答えた。

「匿名の投書については、単なる私への嫌がらせであり、さほど重視していません。しかし、ホルマリン漬けの耳のことは、捜査上の極秘事項になっていますとは言っても証言を求められたからには、私の知るかぎりでお答えしておきます。おっしゃるように、そういうショッキングな出来事があったのは事実です。だけど、その関係の捜査については、すべて警察にまかせているんです。何よりも私自身、三宅裁判官とはプライベートな付き合いはなく、ただ大阪地検に勤務中、法廷で顔を合わせた程度でした。それにしても、いったい誰が何のために、私のところへホルマリン漬けにした三宅裁判官の耳を送りつけてきたのか、まったくわかりません。私に対する嫌がらせには違いないんですが、なぜ、そういう悪質な嫌がらせをするのか、その点についても、目下、警察が捜査をしていますから、近いうちに判明するでしょう」

「風巻検事。あなた自身は、どうなんですか？　そういう悪質ないたずらをした人物について、心あたりがありますか？」

「おぼろげながら見当はついてきましたが、確かなことは言えません。もし間違っていれば、本人に対して申しわけのない結果になりますから、ここでは証言したくないんです」

実のところ、風巻やよいは、悪質ないたずらを仕掛けた人物について、今朝、法廷に出る直前に石橋警部補から電話をもらったのである。

彼の口ぶりからすると、近いうちに「第三の人物」の正体が判明するだろうと確信ありげだった。

風巻やよい自身にしても、今日の法廷で証言しているうちに、もしかしたらという漠然とした犯人像が脳裏に浮かんだのも、これまた事実であった。

第四章　復讐の哀歌《エレジー》

1

土曜日の午後のことだった。

検察庁でも原則的に週休二日制を採用し、本来なら土曜日は休日のはずだが、事務処理の都合で休日出勤することもある。

今日も、風巻やよいは休日を返上して出勤し、午前中は、ずっと寺島周二殺害事件の公判記録を丹念に読み返していた。

言うまでもなく、風巻やよいのアシスタントである検察事務官の坂上正昭も出勤しており、彼女の指示で、こまごまとした仕事をこなしていた。

夕刻になって、石橋警部補から電話が入った。

このときの電話は、ずいぶん長く、延々《えんえん》と会話が交わされた。

そのしめくくりとして、石橋警部補は、こう言った。

「検事さん。そんなわけで、ガサ入れは無事に完了し、思惑通りの成果がありました。もちろん本庁である京都地検事務当局の了解も得てあります。そこらあたりのことは、ぬかりありませんよ」

「ごくろうさま。それじゃ、私のほうも最後のツメに取りかかるわ」

と言って彼女は、そばに居合わせる坂上正昭の顔にちらっと視線を投げた。

何も知らない坂上正昭は、いつも通りクールな顔つきでボールペンを握り、書面を作成中だった。

石橋警部補の控えめな声が受話器に聞こえる。

「検事さん。やっこさんは、どうしてます？」

「あいかわらずよ」

と風巻やよいが答えたとき、虫の知らせとでもいうのか、坂上が顔をあげ、彼女を振り向こうとする気配がしたので、慌てて彼女は視線をそらせて、

「それじゃね。これ以上の長話はしないほうがいいでしょうから……」

「わかりました。では、これで……」

電話が切れた。

やがて坂上正昭は、そそくさと机の上を片付けはじめた。

それを見て、風巻やよいは、

「坂上くん。もう帰るの？」

「ええ。今日やるべきことは、一応すませました。それに土曜日ですし……いいんでしょう？　検事さん」

「ちょっと待ってよ。実を言うと、あなたに話したいことがあるのよ。仕事が一段落したのなら、ちょうどいいわ」

そう言って、風巻やよいは回転椅子をまわし、坂上正昭に向きなおった。

「何でしょうか？　検事さん」

と問い返した坂上の表情がこわばっている。

「坂上くん。どうしたの？　ヘンな顔して……」

「何というか、妙な雰囲気だから……」

「そうかしら？　なぜ、そう思うの？」

「なぜって……検事さんご自身が、何だか身構えておられる感じですから……だいいち、言葉遣いが違います。石橋警部補や私に話すときは、関西弁まじりのリラックスした言葉遣いなのに、先程から聞いていると、法廷にたつときのように標準語を使ったりして……」

「そう言えば、確かに……でも固くならないでちょうだい。実を言うと、私あてに匿名の投書を三回も送ってよこしたり、ホルマリン漬けにした三宅裁判官の耳を郵送してきたり、そういう悪質な嫌がらせをやった人物がわかったのよ」

「ほんとですか？　誰です？」

「思い当たるふしはない？」

「全然……私のよく知っている人物ですか？」

「もちろん。知りすぎるほど知っている人物よ。いや、ひょっとしたら知らないのかもしれないわね。人間誰しも、自分のことともなれば、わからないことがたくさんあるから……」

「自分のことと言いますと……」

坂上正昭の目の玉が動いた。

彼女は、物静かな口調で言った。

「今回の事件で、第三の人物として捜査線上に浮かんだ謎の人物については、あなたも知ってるわね？」

「ええ、知っています。公判記録にも登場しますので……」

「その人物よ。匿名の投書を送ってよこしたり、三宅裁判官のホルマリン漬けの耳を郵送してきた犯人はね。私に罠を仕掛け、殺人犯に仕立てあげようとしたのも、その第三の人物だったのよ」

「へえー。その第三の人物こそが、寺島周二殺害事件の真犯人だったんですか。そうなると、被告人の栗山昌雄は無罪ということになるんでしょうから、われわれ検察側の黒星ですよね」

「そういう意味で言ったんじゃないわ」

と風巻やよいは、捜査記録を要約したメモに視線を落として、

「それじゃ、第三の人物が、本件にどのように関与したのか、そこらへんのことから話しましょう。まず事件当日の三月八日、午後七時過ぎに、私が寺島さんのマンションをたずねているわね?」

「一一〇号室ですね」

「そう。それから約三時間後の午後十時、私は一一〇号室をあとにした。このとき、寺島さんが私をドアのところまで見送ってくれたんだから、その時点では、彼が生存していたのは確かなことだわ」

「なるほど。検事ともあろうお人が、嘘をついたり偽証したりするはずはないか

ら、それは確定した事実だとおっしゃるわけですか？」

「ちょっと……何がおかしいの？　にやにや笑ったりして……」

「いや、失礼しました。笑ったつもりはないんですけど……そんなふうに見えましたか？」

「見えたわよ。とにかく、その場合の私が第一の人物とすれば、第二の人物は誰か。もちろん、あなたにもわかっているわね？」

「被告人の栗山昌雄でしょう？　彼は逮捕された当時、自分は殺していないと言ってました。彼が寺島宅へ行ったときには、もう寺島周二は殺されており、うっかりして死体に触れたために上着とシャツの袖口に血痕がついただけだと……しかし勾留が長引くと、さすがの栗山昌雄も否認をつづける気力を失い、ついに犯行を自白した。勾留が延長されてから五日目だったと捜査記録には記載されています」

「それは事実だけど、石橋警部補らの捜査関係者が自白を強要したために、そうなったのか、そこらへんのことは軽率には判断できないわね」

「そうでしょうかね。私としては、石橋警部補をあまり信用していないんですけど……いや、それを言うのはよしましょう。検事さんが石橋警部補を全面的に信頼しておられるのに、部下の私が横槍《よこやり》を入れるなんて僭越《せんえつ》ですからね」

多分、皮肉のつもりで坂上正昭は、そう言ったのだろうが、風巻やよいは気にもとめずに、

「問題は第三の人物よ。小林弘の証言によると、午後十時十五分に性別不明の怪しい人影が一一〇号室に入るのを見たことになっているわ」

「それが第三の人物というわけですか？」

「私たちは、そう呼んでるわ。多分、その人物は、被告人の栗山昌雄が一一〇号室をたずねたとき、すでに部屋のなかに潜んでいた可能性もあるわね」

「それはまた、どういうわけですか？」

「当日の午後十時半ごろ、被告人の栗山昌雄が一一〇号室をたずねたとき、ドアが細めに開いていたと言っているし、ダイニングキッチンだけでなく、奥の座敷にも明かりがついていたと……つまり栗山昌雄が一一〇号室へ入ったとき、すでに先客が一一〇号室のどこかに身を潜めていた可能性が濃厚だわね」

「すると、その人物が真犯人だとおっしゃるんですか？」

坂上正昭の声が尖《とが》っていた。

彼女は、冷徹な眼差しを坂上に返しながら、

「その第三の人物こそが、一一〇号室の居間のガラス窓に人差し指と中指の指紋を残したのよ。そのうちの人差し指の指紋が、公務員住宅五〇三号室のキッチンの換気口のカバーから検出された指紋と一致したってことになるわけよね。知ってるんでしょう？　五〇三号室に誰が住んでいるか……」

「もちろん検事さんです」

「知っていて当然だわね。その人物は二度も、五〇三号室へ侵入しているんだから……」

「二度も？　何のために……」

「最初は、私に罠を仕掛けるための小道具を盗むために、五〇三号室へ忍びこんだのよ。そして例のブローチを盗み出した。その後、第三の人物は、一一〇号室の事件現場で、殺害された寺島さんの血液を私のブローチになすりつけ、ベランダの下に故意に置いた。犯人が遺留したと見せかけるためにね。そのとき、誤って一一〇号室の居間のガラス窓に人差し指と中指の指紋を残したってわけよ」

「その後、もう一度、検事さんのマンションへ忍びこみ、寺島周二殺害の凶器である調理用ナイフをキッチンの換気口へ隠しておいた。まるで検事さんが寺島周二を殺したように偽装しようとして……そうおっしゃりたいんでしょう？」

「よく知ってるわね。当然のことだけど……やはり犯人としても気持ちが動揺していたからこそ、うっかり換気口のカバーに指紋を残したんでしょう。ずいぶん用心して行動していたはずなのにね。犯罪者というのは、完全犯罪を企みながら、結局どこかで馬脚をあらわすものなのよ」

「そうかもしれませんが、栗山昌雄の自白調書によれば、凶器の調理用ナイフは、現場から逃げる途中、どこかの民家のゴミ袋の中へ突っこんでおいたと、そういうことになっていましたよね。ところが、その凶器が検事さんのお住まいの換気口のなかから見つかった。これはいったい、どういうことですかね？」

「回答は明解よ。凶器をどこへ捨てたか、少なくとも、その点にかぎって言えば、被告人の栗山昌雄の自白は苦しまぎれの言いわけだったと考えるほかないわ。何はともあれ、その人物は、私を犯罪者に仕立てあげ、窮地に追いつめるために、マスコミを利用したり、検察官と激しくやり合うのを生きがいにしている青山弁護人に情報を提供したり、いろいろ画策していたのよ」

「その人物が何者か、わかっているんですか？」

「もちろん、わかっているわよ。公務員住宅五〇三号室へ二度も忍びこんだくらいだから、合鍵を持ってることも確かだわね」

「ですけど、検事さんの合鍵を、どうやって手に入れたんでしょうか？」

「コピーをとったのよ。私自身、五〇三号室のキーのコピーを誰かが手に入れたなんて、全然、気づかなかったくらいだから、考えられるのは、ただ一つ。私の身近にいる人だってことよね。これは間違いないわ」

「すると、検事さんと親しい人とか、そこらあたりですか？」

「そうね。プライベートな関係で親しい人が、私の部屋のキーをひそかにコピーするなんてことはしないと思うわ。だから個人的には親しい間柄ではないが、私の身近にいる人ってことになるわね。例えば、あなたとか？」

「えっ？　私が……まさか。どういうわけで、私が検事さんのお住まいに忍びこんだりするんですか？」

「どういうわけかは別として、動かぬ証拠があるのよ」

「何ですか？　動かぬ証拠というのは……」

「あなたの指紋よ。人差し指のね」

「人差し指の指紋？　右手ですか、左手ですか？」

「石橋警部補の言うところによれば、右手の人差し指の指紋よ。その指紋が公務員住宅五〇三号室のキッチンの換気口のカバーに残されていたわけよ。それぱかりか、寺島さん宅の居間のガラス窓に残されていた指紋とも一致したわ。ということは、あなたが私を罠に陥れようと企んだ張本人だからよ。犯行当日の午後十時十五分、性別不明の怪しい人影が一一〇号室へ入るのが目撃されているけど、それはあなただったのよ。つまり第三の人物ってわけだわね」

そう言ったとたんに、坂上正昭の顔が青ざめた。

しかし、坂上は、なおも粘り強く抵抗した。

「検事さん。それじゃ、おたずねしますが、私の指紋を、どうやって採取したというんですか？　言っておきますが、私は、ただの一度も警察なんかで指紋を採取されたことはありませんよ。悪いことは何もしていないんだから……」

「あなたね、休暇をとったでしょう？　そのとき、石橋警部補が私の執務室へ入って、あなたがいつも使っている湯呑茶碗《ゆのみぢゃわん》や文房具、例えば定規やホッチキスなど指紋の残りそうなものを持ち帰り、鑑識課員に鑑定させたのよ。その結果、あなたの明瞭な指紋が採取され、そのなかに先程言った右手の人差し指の指紋が含まれていたってことになるのよ」

「何ですって？　そんなの違法な証拠収集じゃないですか。違法収集の証拠は、裁判上、有罪の証拠にはなりませんよ」

「いいえ。立派な証拠よ。石橋警部補は、ちゃんと本庁の許可をとって、この執務室へ入り、あなたが使っている湯呑や文房具を鑑識課へ持ち帰ったんだから、適法な証拠収集だわ。たまたま、私は、大阪府警の水上警部に会うために、執務室を留守にしていたし、石橋警部補も私への気遣いから、後日になるまで、あなたの指紋のことは内密にしていたのよ。なぜだかわかる？　そのころ、まだ私はあなたを疑いもせず、全面的に信頼していたもんだから、彼としても私の気持ちを傷つけまいとして気遣ってくれたのよ」

「それじゃ、石橋警部補は、早くから私を疑っていたというわけですか？」

「その通りよ。私には何も言わなかったけど……例えば、こういうこともあったわ。公務員住宅五〇三号室を石橋警部補らが捜索したときの鑑定結果について、彼から電話があり、『鑑識課の鑑定の結果が出たんですが、それによれば、予想外に重大な結果を招きかねないんです。そのことで、報告にあがりたいんですが、検事さんの執務室ではなく、ほかの場所でお話ししたほうがいいと思うんです。たとえ坂上さんでも、これは検事さんご自身の問題ですから、聞かせたくないんです』と……そういう意味のことを言ったわ。あなたは、その電話は聞いてはいないけど、私が気をきかせて電話を切ったあと、あなたに向かって、『本庁へ書類を届けに行ってちょうだい』と指示したわね。あなたは、私の言う通りにしたけど、この執務室を立ち去るとき、こっそり机の中に小型のテープレコーダーを仕掛け、石橋さんと私との会話を録音したでしょう？　まさか録音テープがひそかにセットされていたなんて、私は思ってもみなかったけど、後日、いろいろの事実が暴露されてくると、石橋警部補も、『もしかすると、あのとき、検事さんと私の会話を坂上さんが録音していたのかもしれませんよ』なんて言い出して、念のためにとガサ入れしたわけよ」

「ガサ入れ？　私のマンションを？　いつですか？」

「今朝よ。あなたが出勤した直後にガサ入れしたのよ。もちろん令状を取ったうえでのことだけど、捜索の結果、問題のテープが見つかったと、つい先程、電話があったばかりなのよ」

「しかし、あの録音テープは、消去……」

と言ってしまってから、坂上は、しまった！　と、あわてて言葉を呑みこんだ。

風巻やよいは、会心の笑みを浮かべながら、

「語るに落ちたわね。石橋警部補の電話では、あのときの録音テープには、ロックミュージックが録音され、盗聴の証拠を消去しようとしたらしいけど、甘かっ

たわね。有能な鑑識課員が、ロックの録音されているテープを増幅し、再生したところ、微かながらも聞き取れる程度の音声が再生されたのよ。その音声というのは、あの日、石橋警部補が私に報告した五〇三号室の捜索の結果についての会話のやりとりだったわ。つまり、あなたとしては、ロックミュージックを録音して、すでに録音されている会話を消去したつもりでいたけど、完全には消えていなかったわけよね。要するに、すでに録音されている音声の上に別の音声を重ねて録音しても、前に録音されている音声は完全には消えないものなのよ。ただし消去されたはずの音声を再現するには、専門的な高度の技術が必要だし、そのための機器も用意しなくてはならないわ。もちろん、警察の鑑識課には、そういう設備も整っているわけよ」

「検事さん。いったい、この私が何のために、そんなヤバイことをしたというんです？　動機が明らかになっていませんよ。そんなだいそれたことを私がやってのけた動機は、いったい何だとおっしゃるんですか？」

坂上正昭は、震える声で、最後のエネルギーをふりしぼり、猛然と挑みかかってきた。

風巻やよいは、穏やかな微笑を口元に浮かべながら、こう言った。

「動機も、ちゃんとわかっているわ。私たちは、そこまで突きとめたのよ」

「ほう。動機は、いったい何だというんですか？」

「聞きなさいよ。私あてに三回に及んで匿名の投書があったかのようにあなたが工作したり、三宅裁判官を殺害し、その耳を切り取りホルマリン漬けにして、これも私あてに郵送してきたわね。なぜ、そんなにまでして、あなたが復讐の鬼と化したのか？　すでに調べはついているのよ」

「これはこれは……復讐の鬼だなんて、さっぱりわかりませんね」

坂上正昭の顔から、すっかり血の気が失せていた。まるで悪寒に襲われたかのように彼の肩が小刻みに震えている。

風巻やよいは、物静かな態度で唇を開く。

「五年前に拘置所で首を吊って自殺した青柳宗介は、実のところ、あなたのお父さんだったんでしょう」

風巻やよいが、ずばり指摘したとたんに、坂上正昭は、カッと目を見開き、食いつきそうな顔をして彼女を睨みつけた。

ギラリと凶暴な輝きを放つその瞳《ひとみ》には、殺意がこめられている。

彼女はハッとして思わず身を引いたが、もう遅かった。

ひそかに隠し持っていたらしい拳銃《けんじゅう》が、いつの間にか、坂上の手に握られていたのである。

ブローニング拳銃のようだ。どのみち暴力団関係者などから入手したのだろうが、それにしても、いつか拳銃を必要とするときがくるかもしれないと予期していたからだろう。

「坂上くん!……そんなもの……しまいなさい!……わかってるでしょう? こんなところで銃声が響いたりしたら、警備員が飛んでくるわ」

彼女は震える声で叫びながらも、ジリッジリッと壁際に追いつめられていった。

拳銃を手にしたとたんに、坂上正昭は急にふてぶてしくなり、言葉遣いも乱暴になっていた。

「警備員だって?……たった一人しかいねえじゃねえかよ。しかも丸腰だ。あいつがすっ飛んできたら、一発食らわしてやるまでさ」

「あなた……このうえ、まだ人を殺す気?……どのみち捕まるわよ。おっつけ石橋警部補がここへくることになってるんだから……」

「嘘だ。やつは、今日の午後、ずっと府警本部の鑑識課にクギづけになってるはずだ。ちゃんとわかってるんだぜ」

「石橋さんが、そう言ったの？」

「そうじゃねえよ、城南警察署のやつらは、たいてい、おれと顔見知りだから、何でも気軽に話してくれるのさ」

「あなた……やっぱり自分の復讐心を満足させるために、私のところへきたんでしょう？」

「ここへきたのは偶然さ。ただ検察事務官を希望すれば、いつかは、おまえを罠に陥れるチャンスがくるんじゃねえかと期待はしていたがよ。まさか、こんなにうまくいくとは思わなかったぜ」

「三宅裁判官の耳を切ったり、残酷な仕打ちをして殺してしまったり……寺島さんを殺ったのも、あなたなんでしょう？　そして、いま私まで……」

「つべこべ言うんじゃねえよ」

「でも、なぜ？　私まで……」

「決まってるじゃねえかよ。親父は無実だったんだぜ。それなのに、おまえは親父の有罪は証明十分だなんて論告したり、無期懲役を求刑したり……おかげで親父は、あの通りさ。可哀想に……いい親父だったんだぜ。悪いのは、殺された大木尚美だよ。あいつ……」

「あいつ」と言ったとき、坂上の眼に凶悪な影がさした。

「坂上くん！……聞きなさい。私は、ただ前任者の筒井検事が書いた書面を棒読みしただけなのよ」

「何言ってんだ。おれ、ちゃんと傍聴人席で聞いてたんだぜ。いかにも、もっともらしく、無期懲役が相当だなんてぬかしやがってよ……三宅裁判官は懲役十五年に負けてくれたけど、親父にとっては同じさ。どのみち刑期を無事に勤めあげ、出所したときには、もう絵なんか描けなくなってるよ。要するに親父は絶望のあまり首を吊って死んだんだ」

「それにしても、三宅裁判官にあんな酷《むご》い仕打ちをすることもないじゃない？」

「そうはいかねえよ。なんてったって、判決を下したのは、あいつなんだから……ほんと言うと、筒井検事も殺っちまおうと思ったんだが、東京へ行っちまいやがった」

「あなたね、交通事故を装って筒井検事を殺ったんじゃないの？」

「あいつは、おれが殺るより前に事故で死んじまいやがったのさ。おれが殺れなかったのは残念だが、まあ、いいだろう。天罰ってもんだ」

「寺島弁護士は、どうなのよ。あなたが殺ったんでしょう？」

「あいつは違う。栗山昌雄とかいう馬鹿たれが殺りやがったんだ。おれは、ただ現場に居合わせただけでよ」

「嘘つきなさい。寺島さんは国選弁護人として、あなたのお父さんの裁判に関与しただけで、私選弁護人ではなかったのよ」

「そんなこと関係ねえよ。親父はさ、はじめのうち無実だと言い張っていたのに、寺島弁護士が、いい加減な弁護活動しかやってくれなかったから有罪にされちまったんだ。おれにはちゃんとわかってんだ。寺島の事務所へだって何度も出かけてんだから……やつは、おれの目の前で、こう言いやがったんだぜ。もし、おれの親父が無実なら、当然、無罪になるはずだって……ところがどうだ？　懲役十五年だ。寺島ってやつは、おれと親父を騙しやがったんだよ」

「でもね。国選弁護人というのは、いろいろな制約があって、充分な弁護活動ができないのよ。お父さんのことは、寺島さん一人の責任じゃないわ。国選弁護制度そのものを大改革しなくちゃ解決できない問題なのよ」

「おれの知ったことじゃねえな。そんなのはよ」

そう言いながら、坂上正昭は、彼女を壁際に押しつけ、額に拳銃の銃口を押しあてると、

「観念しなよ。風巻検事さんよ。おれが法務事務官になったのは、もともとこんなふうに復讐するためじゃなかったんだ」

「それじゃ、何のために？」

「おれにはちゃんとわかってたんだよ。親父は無実だってことがさ。それなのに有罪になった。おれは法律をよく知らなかったからじゃないかと思ったもんで、おれは一念発起し、司法試験を目指したんだ。親父のような悲劇に見舞われた人を救うには、弁護士になるのが一番だって……しかし司法試験なんてのは、エリートのための制度でよ。おれなんかには、とてもじゃないが突破できない難関だとわかったもんで方針を変え、法務事務官の試験を受けて、ひとまず法務局へ採用されたってわけだ。あとのことは、いま、おれが言った通りさ」

「ちょっと、その拳銃をどけてちょうだい。ここまできたからには、私としても覚悟してるわ。あなたが、どうしても私を殺るというのなら仕方ないもの。でも、このまま死ぬのはいやッ！……ほんとのことを知りたいのよ。あなたのお父さんが無実だなんて、どうしてあなたが確信するようになったのか、そのことよ。お父さんが無実だなんて、あなたが勝手に思いこんでいるだけじゃないの？」

「とんでもない。間違いなく親父は無実だ！……」

「それじゃ、大木尚美を殺ったのは誰だったの？　あなたが殺ったって言うんじゃないでしょうね」

風巻やよいは、ふとした思いつきを口にしたまでだった。

ところが、その言葉を耳にした坂上正昭の表情に驚愕《きょうがく》の色が浮かんだ。

「これは驚いた。さすが検察官だけのことはあるぜ。どの途《みち》、ヤマ勘だろうけど、それにしても上出来だ。ズバリその通りよ。おれが殺ったんだ。いいか？　大木尚美って女は、根っからの悪女でよ。親父から絞れるだけの金を絞り取っていやがったんだ。親父は人がいいから、彼女の言いなりさ。この調子でいくと、きっと親父は大木尚美に食い殺されちまう。おれは、そう思ったね。あのとき、おれは大学受験に失敗して、むしゃくしゃしていた時期でよ。それでも親父は、おれにやさしかったなあ。大木尚美に内緒で小遣いなんかも工面してくれたりして……おれは考えたよ。大木尚美さえいなくなれば、きっと親父は安心して制作に打ちこむことができるだろうって……親父を食いものにしてやがったのは、あの女さ。あいつったら、セックスの塊《かたまり》みたいなやつなんだ」

「なぜ、知ってるの？」

「おれがさ、上鴨《かみがも》にある親父のアトリエをたずねたときのことなんだけど……親父が留守だったんで、どこへ行ったのかって大木尚美に聞いてみると、ふらりと散歩に出かけたんだって……多分、大木尚美と口げんかでもしたんだろうと思って、ここで待つからとおれが言うと、あいつったら色仕掛けでおれを誘惑しやがったんだ。『いまのうちなら、たっぷり可愛がってあげられるわ』なんて言いながら、おれの手を取り、素っ裸のまま豊満な胸を押しつけてきやがったのさ。唇に淫《みだ》らな笑いを浮かべてよ。おれ、カーッと頭にきたね。あれだけ親父から金を絞り取っておきながら、その親父を裏切ろうとしやがったんだぜ……『許せねえ！　この女《あま》』……おれは叫びながら、とっさにあの女の首を締めてやったよ。殺す気はなかったんだが力いっぱい締めあげているうちに、がっくりとなりやがってよ。『しまった！』と気づいたときには、もう息が絶えていやがった……ほんと言うと、おれは、あのとき、まだ童貞だったんだ。あいつは、それを見抜いてやがったのさ。『私が教えてあげるから……』なんてぬかしやがって……汚らわしい女だ、まったく……」

「それから、どうしたの？」

「何が何だか、わけがわからず、アトリエから逃げ出したよ」

「お父さんが逮捕され、裁判にかけられたのに、なぜ自首しなかったの？」

「そんな勇気は、おれにはなかったんだ。それにさ、寺島弁護士が『もし、きみのお父さんが無実なら、当然、無罪になるよ』なんてぬかしやがったもんだから、その言葉をおれは信じていたんだ。ところが、あのざまだ」

「お父さんは知っていたの？　あなたが真犯人だってことを……」

「親父には何となくわかっていたと思うね。やっとの思いで親父と拘置所で面会できたとき、親父の顔を見てピンときたよ。だから、おれもほんとのことを話したんだ。『尚美を殺ったのは、おれだったんだ』ってな……そしたら親父は『多分、そうだろうと思っていたよ。しかし、おれはきっと無罪になってみせるから、おまえは黙ってろ。自首したりするんじゃないぞ！』と自信ありげに言ってたよ。当時、おれは十九歳だったから、親父の言葉をまともに信じていたんだ。きっと親父は無罪になるって……ところが懲役十五年の実刑判決を宣告されたもんだから、親父は前途を悲観して、首を吊って死んだのさ」

「お父さんが有罪判決を受けたとわかったときに、あなたとしては自首すればよかったんじゃない？」

「その前に親父と相談するつもりだったんだけど、なかなか面会が許されず、もたもたしているうちに、あんなことになっちまって……」

「あなたね。なぜ、お父さんと姓が違うの？　青柳宗介さんの戸籍を見ると、あなたのことなんか一行も記載されていないわ。それでも、青柳宗介さんの子だっていうの？」

「そこらあたりのことが、いろいろとややこしくてね。おれが、おふくろから聞いているところでは……」

「ちょっと待ちなさいよ。おふくろって、女優の桃江さんのこと？　行方不明だというけど……」

「違うよ。おれのおふくろは、坂上美穂子《さかがみみほこ》ってんだ。画商の娘でよ。二十一歳のときに、おれの親父とできちまって妊娠したんだ。当時、親父は美大の学生で、とてもじゃないが、おふくろを養う能力もないし、おふくろの親父が慎平《しんぺい》という番頭を坂上家の養子に迎えることに決めていたもんだから……」

「ちょっと待ってよ。それじゃ、あなたのお母さんは、青柳宗介さんの子を孕《はら》んだまま、その養子とかいう番頭さんと夫婦になったの？」

「そうだ。もちろん坂上慎平は、何もかも承知のうえで、おふくろと結婚したのさ。おふくろは、すべてを告白してるよ。実際、坂上慎平が、おれを自分たちの息子や娘と差別して冷たく扱ったことは一度もなかったね。だからと言って、可愛がってくれたわけでもないけど……そのうち、おふくろも、だんだんおれが疎《うと》ましくなってきたらしい。多分、おれがひねくれ者に育っちまったからだろう。そうなると坂上慎平だって、おれに対する態度が冷たくなってきたりして……そんなことから、おれにしてみれば、自分の親父のところへ足しげく出かけるようになったんだ。結局、親父としても、おれへの罪ほろぼしのつもりで、尚美殺しの罪を引っかぶり、首を吊って死んだんじゃないかなあ。よくはわからないけど……」

「坂上くん。あなたの話を聞いてると、一応、納得はできるけど、やっぱり自分勝手ね、あなたって人は……あなたの罪をかぶって死んだお父さんのほんとの気持ちもわからずに、むやみやたらと人を殺すなんて……それで復讐を遂げたつもりでいるのなら、とんでもない大馬鹿者だわ。このことをお父さんが知ったら、どんなに悲しむか……それがわからないの？」

「黙れ！……親父のことは口にするな！　汚らわしい……」

坂上正昭は、すでに理性を失っているかに思えた。ギラギラと獰猛《どうもう》な輝きをおびる殺気だった眼を見ればわかる。

彼女は、何とかして時間を稼ごうとしたが、果たせなかった。

坂上正昭は、彼女を拳銃で脅《おど》しながら、宇治支部の裏口に止めてあった彼のマイカーへ拉致《らち》した。

土曜日のことだから、玄関わきの警備員室に職員が一人いるだけで、緊急事態を知らせるすべもなく、彼女は両足をロープで縛られたまま助手席に押しこまれた。

当初、坂上正昭が彼女をマイカーへ連れこんだとき、両足だけではなく、両手も同じように縛りあげるつもりだったらしいが、人の気配がしたものだから、慌てて彼女を助手席に押し込み、エンジンを入れて、車をダッシュさせたのだ。

そんなことから、坂上正昭としては、彼女の両手を縛るチャンスを失い、そのまま車を飛ばすよりほかなくなったのである。

2

「坂上くん。いったい、どこへ私を連れていくつもり?」

風巻やよいは、じっと歯を食いしばり、こみあげてくる不安に堪《た》えながら、フロントガラスの向こうに見える淀川の鉄橋を見るともなしに眺めていた。

行き交う。
この道路は、京都と大阪とを結ぶ幹線道路で、乗用車やトラックが、しきりに
そのうえ淀川の流れに沿って走行車線がカーブしており、スピードを出しすぎ
ると事故を起こしかねない危険な場所が、いくつかあった。
まして、いまのように夕暮どきになると、先を競ってスピードをあげ、目的地
へ急ぐ車が極端に多くなるので、うかうかしていると追突される。
そんなわけで事故が起こるのは、たいてい、この時刻と決まっていた。
坂上正昭は、あいかわらず唇を固く結び、前方を睨みながらハンドルを握って
いる。
「坂上くん。どこへ行くつもり？……黙ってないで、何か言ったらどう！」
風巻やよいは、狂おしいばかりの心細さに苛《さいな》まれながらも、坂上がいったい何
を考えているのか、混乱した頭の中で懸命に探り出そうとしていた。
「うるせえ！……黙ってろ」
坂上は、吐き捨てるように言ってのけた。
このまま南下すると、三宅裁判官の片耳のない死体が発見された淀川べりの河
川敷へ行き着くはずである。

もしかすると、そこへ自分を連れこむつもりでいるのではないかと風巻やよいは思う。

（あそこで私を殺すつもりなんだわ！）

恐怖が彼女の全身を駆けめぐった。

宇治支部を出発してから、すでに四十分が経過していたが、警察が動き出した気配はまったくない。

坂上が彼女をマイカーへ連れこんだとき、人の気配がしたかに思えたが、そうではなかったらしい。

もし、あれが警備員だったなら、いまごろ警察が動き出しているはずである。

（何とかしなければ……）

幸い、両手は自由だった。

だが、猛スピードで突っ走っている車のドアを押し開き、路上へ飛び出して、脱出することなど死を待つにひとしい。

先程から気づいていたのだが、坂上正昭は、例のブローニングの拳銃を自分の足元に置いていた。

そこしかほかに置く場所がないからだ。

まさかフロントガラスの手前に拳銃を乗せておくわけにもいかないだろう。車が揺れたら、拳銃がガタガタ鳴るだろうし、何よりも外から丸見えである。拳銃で相手を脅《おど》しながら車を運転することなど、アクション映画ならいざ知らず、実際には、きわめて難しいことを坂上は計算に入れていなかったもののようだ。

よりによって今日の午後、こういう事態になるとは、坂上としても予想していなかったからでもある。

いずれにしても、坂上は拳銃を置く場所に困り、やむなく足元に置いたのだ。坂上は出発前、片方の手で拳銃を握り、彼女を脅しながら、彼女自身にその両足を縛らせたのである。

しかし、いくら彼女が拳銃で脅されたからといって、自分で自分の両手を縛ることなど、まず不可能と言ってよい。

そんなわけで坂上は焦るばかりで、気持ちのうえでも動揺していたものだから、人の足音を聞いたような錯覚にとらわれ、慌てて彼女を助手席に押しこみ、エンジンを入れたのに違いない。

しかし、こういう状況下でも、坂上にとっては、もう一つの選択肢があったはずだ。

彼女に車を運転させて、坂上が助手席に座り、拳銃で彼女を脅しながら目的地へ走らせることだった。

ところが、日常、彼女が車を運転していないのを知っている坂上は、彼女の未熟な運転技術のために、坂上自身が事故に巻きこまれるのを恐れ、結局、自分が運転することにしたものとみえる。

要するに、坂上にとって、何もかもが計算外だったのである。

淀川べりに薄暮が迫りつつあった。

もうあと二、三十分もすれば、日没を迎えるだろう。

どんよりと雨雲が垂れこめるうっとうしい空模様だったから、なおのこと暗くなるのも早い。

そうなれば、坂上の思うつぼだ。さほど人目をはばかることもなく、彼女を車から降ろして、河川敷へ拉致することができるからである。

行き交う車は、ライトを点《つ》けているのやら、そうでないのやら、まちまちだった。

坂上の車にもライトが点いていた。

突然、坂上がブレーキペダルを踏み込んだ。

ガクンと衝撃が襲い、彼女の上半身が前方へつんのめるように傾いた。両足を縛られ不自由な姿勢なので、すんでのところでフロントガラスに頭を打ちつけるところだった。

「どうしたの?」

思わず彼女は坂上を振りむく。

そこには、怖い顔をして前方を睨みつけている坂上の横顔があった。

ふと見ると、向こうから赤色灯を点滅させたパトカーが接近してくる。

やがて、そのパトカーが反対車線を通過して、遠ざかった。

どうやら、ただの日常的なパトロールだったらしい。

ほっと安堵の胸をなでおろす坂上の微かな息づかいを彼女は敏感に察知した。

坂上は、再び車のスピードをあげていく。

しかし、このとき、とっさの思いつきを彼女は実行した。

ラッキーといえば、ラッキーだった。

助手席から眺めると、すぐ左側にこんもりとした灌木《かんぼく》の茂みの黒い影が、数十メートルばかり道路沿いにつづいている。

突如として、彼女は自由になっている両手を伸ばし、坂上が握っているハンドルを奪い取るやいなや、グイッと全身の力をこめて手前に引きつけた。

タイヤがきしみ、悲鳴をあげた。

目の前の薄暗い空間が、めまぐるしく回転し、茂みのなかへ車が突っこんでいく魔の瞬間が彼女を襲った。

引き裂くような衝撃音が耳朶《じだ》を打つ。

それとほとんど同時に、彼女は意識を失っていた。

3

風巻やよいは全治一か月の傷害を負い、当分、入院を余儀なくされたが、生命に別状はなかった。

転落直前に通過した例のパトカーが事故の発生を知り、引き返してきたために、治療が手遅れにならずにすんだことにもよるが、それにもまして転落時に灌木の茂みがクッションになり、衝撃を緩和したためでもあった。

「坂上くんは、どうしたんです？」

と、意識が回復した彼女は、真っ先に主治医にたずねた。

「大丈夫ですよ。多分、風巻検事さんと同じころに退院できるでしょう」

主治医は、にこやかな微笑を浮かべながら言う。

（よかった！）

彼女は、胸をなでおろした。

あの状況下では、たとえ坂上正昭が転落死したとしても、刑法の正当防衛行為もしくは緊急避難行為として罪にはならないと考えてよい。

とは言っても、やはり彼女にしてみれば、坂上正昭が後遺症の残る重傷を負うとか、死亡したとなれば、この先、気持ちのうえで重荷を背負うことになるのは必定である。

そうならずにすんだのは、何よりの幸いだった。

見舞い客と自由に面会できるようになったのは、入院三日目からで、真っ先に病室へ駆けつけてくれたのは石橋警部補だった。

「風巻検事さん。申しわけありません。こんなことになって……もっと注意深く坂上正昭をマークしていれば、あんなにも危険な立場に検事さんを追いこむこともなかったはずです。私の責任です。ほんとに申しわけなくて……」

石橋警部補はベッドのそばへ寄り、深々と頭を下げた。

「何言うてんのよ、石橋さん。あの場合、坂上くんが拳銃を隠し持っていたやなんて、誰にも予想できないことなんやからね。あなたの責任ではないわ。これに懲《こ》りずに、これから先も仲よくコンビを組んで捜査をやりましょう」

風巻やよいは、視線を伏せてうなだれている石橋警部補に心からの励ましの言葉をかけた。

「そんなふうに言われると……身のおきどころがなくて……ここから逃げ出したいくらいです……」

石橋警部補は、涙ぐんでいる。

そんな彼が愛《いと》おしくてならなかったが、言葉や態度には出さずに、ただ明るい微笑を浮かべながら彼女は、

「ねえ、石橋さん。話は変わるけど、三室戸寺《みむろとじ》のアジサイは、いまごろ、きっと見ごろでしょうね。あそこのアジサイ園には一万株のアジサイが植えられ、満開のころになると、そりゃもう壮観やと聞いたけど、私の退院まで待ってくれるかしら？」

「大丈夫でしょう。今年は例年にくらべて開花が遅いそうですから、間に合いま

すよ。何しろアジサイの花は長持ちしますからね。退院されたら、私が案内しますよ」

「ありがとう。いまから楽しみにしてるわ」

いつだったか観光ポスターで見た三室戸寺のアジサイ園の華麗な情景を彼女は思い浮かべながら、一日も早く退院できるように、ひたすらに願っていた。

石橋警部補が帰っていくのと、ほとんど入れ違いに佐竹公判部長が、副部長の井口光彦を伴って見舞いにきてくれた。

「風巻くん。たいへんなことになったね。それにしても、よくやったよ。警察から第一報が入ったときは、取り返しのつかないことになるんじゃないかと心配したが、大事には至らず、何よりだ。ほんとによかった」

佐竹公判部長は、相好を崩し、喜びを隠しきれない様子である。

その傍らから、副部長の井口光彦が口を開いた。

「風巻くん。公判のことなら心配いらないよ。私にまかせてくれ。退院後も、きみは当分、静養したほうがいいだろう。すっかり気分が落ち着くまで休暇をとりたまえ」

いにかにも井口光彦らしい心遣いである。

彼女は感謝の眼差しを二人の上司に注ぎながら、

「あのときの私の気持ちは、自分でもよくわからないんです。よくもあんな思いきったことができたものだと、まるで、他人ごとのような気がしてなりませんわ」

実際、彼女は、とっさの行動にしてはラッキーだったと思う。へたをすれば、命を落とすか、一生涯、再起不能の後遺症に苦しむことになったかもしれないのである。

それにしても、窮余の一策とはいうが、人間なんて、思いがけないところで思いがけない行動をとるものだと、われながら身にしみて痛感した。

4

風巻やよいの病状の回復は意外に早く、予定より早めに退院できることになった。

「明後日に退院ですって？　よかったですね、検事さん」

見舞いにやってきた石橋警部補は、自分のことのように喜んでいる。

「ありがとう。退院しても病院通いはしなければならないし、この通り腕の骨折は、まだ完全には治癒していないから、当分、ギプスはとれないけど、ここにいるよりは自由に過ごせるわ」

「そりゃそうですよ。もし三室戸寺のアジサイ園を見物にいらっしゃるのなら、私が案内しますよ。実を言うと、昨日ちょっと見てきたんですけど、あと一週間くらいなら充分に楽しめそうです」

「ぜひ、お願いするわ。ところで坂上くんだけど、警察病院へ身柄を移したそうね？」

「はい。逮捕状が出ていますが、手錠をかけるわけにもいかないので、一応、警察病院で治療を受けさせています。あそこなら病室の外に警官を立たせておくこともできますから、逃亡の恐れはありません」

「それで坂上くんは罪を認めたの？」

「ほぼ自白しました。とりあえず拳銃不法所持と検事さんに対する殺人未遂の罪で逮捕状をとってあるんですが、三宅裁判官殺害の罪もありますし、検事さんのブローチを盗んだことによる窃盗罪《せっとうざい》とか、そいつに寺島周二さんの血痕をなすりつけ、検事さんを罠にはめようとした証拠隠滅罪なんかも含めると、すべての捜査が完了するまで、かなりの日数がかかりそうです」

「その口ぶりからすると、寺島さんを殺害したのは、坂上くんやなかったみたいやけど……どうなん？」

「おっしゃる通り、寺島さんを殺したのは、被告人の栗山昌雄だったんです。少なくとも、その点にかぎって言えば、坂上正昭が殺ったんじゃありません。ただ、殺すつもりで寺島さん宅をたずねたのは確かですけど……よければ、いまここで概要をお話ししましょうか？」

「聞いておきたいわ」

「わかりました」

と石橋警部補は答え、スーツの内ポケットからメモ帳を取り出し、ページを繰りながら口を開く。

「事件当夜における寺島さん宅、つまり一一〇号室の人の出入りについて言えば、こういうことになりますよね。検事さんが一一〇号室を出られたのは午後十時。それから十五分後の午後十時十五分に性別不明の怪しい人影が一一〇号室に入るのを見たと、小林弘が証言しています。実を言うと、あれが坂上正昭だったんですよ」

「要するに第三の人物は坂上くんというわけね。いいえ、いまとなっては、彼をくんづけにすることもないけど……」

「そうですよ。とんでもないやつなんだから……とにかく何のために一一〇号室をたずねたのか、言うまでもなく、寺島さんを殺害するためでした。やつに言わせれば、寺島さんが充分な弁護をしてくれていたら、父親の青柳宗介は有罪にならずにすんだわけだし、首を吊って自殺することもなかったと、そういうわけですよ。ずいぶん勝手な言いぐさですがね」

「そうよ。大木尚美を殺ったのは坂上なんやから、手前勝手もええところやわ」

「そういう人間なんですよ、やつはね。ところで、そのときの寺島さんにしてみれば、まさか、そのころになって青柳宗介の息子とかいう坂上正昭が、突然、自分をたずねてくるとは思ってもいませんでしたから、びっくりしたのは当然です。『いったい、きみは、何が言いたいんだ？　話してみなさい』なんてことになったんです。もちろん坂上が自分を殺しにきたなんて、寺島さんは思ってもいなかったでしょう。坂上正昭自身も、そう言ってます」

「それで、どうなったん？」

「坂上は、何だかんだと恨みごとを並べたて時間稼ぎをしながら殺害のチャンスを狙っていたんです。そのうち栗山昌雄がたずねてきたわけです。時刻は午後十時半でした。その場合、寺島さんにしてみれば、栗山昌雄が金の無心にやってきたことくらい見当がついていますから、すぐに追い返すつもりで、とりあえず坂上正昭を奥の座敷へ追いやり、栗山昌雄をなかへ入れてやったんです」

「ちょっと待ってよ。そのとき、一一〇号室の表ドアが細めに開いていたと被告人の栗山昌雄の自白調書に書いてあるけど、それはどういうことなんやろ？」

「それは、先客の坂上が一一〇号室へ入るとき、わざわざ細めに開けておいたんです。ドアをきっちり閉めておくようにと寺島さんに言われたのに、『はい』と返事だけして、実際には閉めていません。坂上は寺島さんを殺すつもりで一一〇号室をたずねてきたんですが、万一にも、予期に反して乱闘になったりして、現場から逃げ出さなくてはならなくなった場合、敏捷《びんしょう》に脱出できるように、こっそりと細めに表ドアを開けておいたんです。憎いくらいに用心深いやつですが、一方、栗山昌雄も、逮捕後、警察で追及されたとき、ふとした思いつきからでしょうけど、このことを自分に都合よく利用しています。つまり栗山昌雄は自分が殺ったんじゃなくて、一一〇号室へ入ったときには、もうすでに寺島さんは死んでいたなんてデタラメを言ってましたよね。あれだってドアが細めに開いていたのは、犯人である先客が一一〇号室から逃げるとき、ドアをきっちり閉めておかなかったんだろうという栗山昌雄にとっては、たいへん好都合な状況が出来上がっていたために、栗山としても渡りに舟とばかりに、あのようなデタラメの供述をしたんです。それから奥の座敷に明かりがついていたと栗山昌雄が供述していますが、これは納得できます。その奥の座敷に、坂上正昭が居合わせたわけですから……さらに栗山昌雄の供述によると、寺島さんが、これまでになく不機嫌で、気分が滅入っていたんじゃないかというんですが、寺島さんにしてみれば、思いがけずも、坂上正昭という歓迎すべからざる来客があり、自分が弁護した青柳宗介のことで因縁をつけにきたらしいと察しをつけ、不愉快な気分になっていたからだと思うんです。いずれにしろ、感情の行き違いで、栗山昌雄はダイニングキッチンにあった調理用ナイフを手にとり、寺島さんを刺殺したわけです。もちろん奥の座敷に隠れていた坂上正昭は、ただならぬ気配を感知し、そっとダイニングキッチンの様子を覗《のぞ》きこんだところ、思いがけずも殺人現場に出くわしたという経緯になります。これには、さすがの坂上も驚いたと言ってます」

「当然でしょうね。自分が殺るつもりだったのに、意外なことに、他人が殺す現場を目撃してしまったんだから……ところで栗山昌雄が、大量の返り血を浴びなかったのは、どういうわけやのん?」

「これは、栗山昌雄が寺島さんの背後にまわりこむようにして調理用ナイフで彼の胸を刺したからです。まともに返り血を浴びずにすんだのは、そういう理由によるものでして、そのときの犯行の模様は坂上が目撃していますので間違いありません。反対尋問のさいに、青山弁護人が、その点を大げさにあげつらい、何だかんだといちゃもんをつけてはいましたがね」

「石橋さん。ここで私から一つだけ種あかしをしておかないと……栗山昌雄が一一〇号室をたずねたとき、寺島さんは背広姿のままやったというでしょう。私が思うに寺島さんは、たずねてきた私を誘ってどこかへ出かけるつもりやったのに、その機会をなくしたんやないやろうか。私にはそんな気がするわ」

「なるほど。検事さんを前にして切り出すチャンスがなかったのかもしれませんね」

「ところで、被告人の栗山昌雄のことやけど、結局、凶器の調理用ナイフを犯行現場に残したまま逃げたんやね？」

「そうなんです。目撃していた坂上正昭は、こう言っています。凶器の調理用ナイフが死体のそばに転がっていたので、ダイニングキッチンで見つけたビニール袋にくるんで持ち帰り、後日、検事さんのお住まいへ侵入したとき、換気口のカバーをはずし、もっともらしく、そこへ凶器のナイフを入れておいたと……もちろん、検事さんを罠に陥れるためですよ」

「坂上正昭は、すでにそのとき、私のブローチを盗み出していたわけやね。それを持って、事件当夜、寺島さん宅をたずねたんでしょう?」

「その通りです。ただし寺島さん殺害については、思いがけずも手間がはぶけたわけですが、そのほかのことは計画通りにことを運んでいます。つまり、そのブローチに、寺島さんの血痕をなすりつけ、ベランダの下へわざわざ遺留しておいたわけですが、そのとき、うっかりして居間のガラス窓に人指し指と中指の指紋を残したんです。しかし、ガラス窓は、わざと施錠していません。というのは、犯人が、その居間からベランダへ出て、フェンスを二つ乗り越え、裏口から逃走した。フェンスを乗り越えるときに被害者の血痕のついたブローチを遺失したと……そのように偽装するつもりだったからです。とにかく悪知恵の働くやつですよ、まったく……要するに青山弁護人がやつの企みにまんまとひっかかり、まことしやかな顔をして私に反対尋問していたってことになるんですよ」

「その青山弁護人だけど、あなたに対する反対尋問のなかで、被告人の栗山昌雄が一一〇号室をたずねたとき、すでに先客があったのではないかなんて質問していたけど、もちろん、あれもそのくちでしょう？」

「そうです。奥の座敷に明かりがついていたから、そうじゃないかと思っただけのことです」

「坂上正昭は、一一〇号室を出たあと、どのようにして自分のマンションへ帰ったのかしら？」

「もちろんマイカーです。少し離れた目立たないところにマイカーを停めていたと言っています」

「坂上は、どうやって五〇三号室のキーをコピーしたの？」

「簡単なことだとやつは言ってました。検事さんが、法廷へ出ておられる間に、バッグから盗み出し、ゴム粘土で型をとり、それをキーサービスへ持ちこんでコピーを作らせたんです。その裏づけもとれています。キーサービスのおやじが認めていますから……」

「そういうやり方でコピーをとるなんて、めったにやらないことでしょう？」

「キーサービスのおやじは、金さえもらえば何でもやる男らしくて、ずいぶん加工料を高くふっかけているんです。とは言っても、そのこと自体、犯罪に加担したとまでは断定できないので、目下のところ、調書をとるだけにとどめていますが、これも担当検事の判断次第では、立件することになるかもしれません」

「警察が私の部屋を捜索した結果、換気口から、凶器の調理用ナイフが発見されたなんて、『新日本新聞』がデカデカと書きたてていたけど、あの情報を提供したのは、もちろん坂上正昭でしょう？」

「そうです。やつは、あのときの鑑定結果について、検事さんと私との会話をテープレコーダーで盗みどりして、凶器の調理用ナイフが発見されたのを知ったわけです。やつ自身が換気口のなかへ入れておいたんだから、いつ発見されるか、それを待っていたってわけですよ。もし、いつまでたっても発見されなければ、自分のほうから新聞社なり、青山弁護人に電話を入れるつもりだったと、やつは供述しています。ほかにも、青山弁護人の事務所へ匿名で電話をかけ、いろいろと情報を提供しているんです。例えば差出人不明の投書とかホルマリン漬けの耳とか……」

「なるほど。坂上がテープレコーダーで盗みどりしたときのことやけど、最初、石橋さんが私の執務室へ電話をしてきたわね。三日前の捜索の結果について資料を見せて説明したいと……深刻な事態になってきたから、宇治支部の執務室ではなく、ほかの場所で話したほうがいいって……『たとえ坂上さんでも、これは検事さんご自身の問題でもありますから……』なんて思わせぶりなことを言ったわ。坂上が私のそばにいてはまずいというわけよ。だから、私、坂上に本庁へ書類を届けるように言いつけたのよ。石橋さんがやってきたとき、坂上は本庁へ出かけたあとやったけど、もうその時点で、盗聴用のテープレコーダーを坂上は仕掛けていたわよね。私たちの会話を盗み聞くために……」

「そうなんです。坂上は、自分のデスクの引き出しの一番奥へ盗聴用のテープレコーダーを仕掛けてから本庁へ出かけたと供述しています。考えてみれば簡単なことです。何よりも、検事さんご自身が、坂上を全面的に信頼しておられたんですから、やつにしてみれば、盗聴なんて楽々とやってのけられますよ」

「いまから思えば、私がスパイを自分のそばに飼っていたようなもんやわね。情けない話よ」

「獅子身中《しししんちゆう》の虫ってわけですよ、検事さん」

「まさか。私は獅子なんて大物やないわ。ただのネコかもね。それはそうと石橋さん。あなたは、かなり早い時期から坂上に目をつけていたようやけど、きっかけは何やったの？」

「きっかけというより、いくつかの事実を総合してみると、やはり坂上はマークすべき人物の一人ではないかと考え始めたんです。ただし、検事さんのそばにいる人ですから、うっかり口には出せません。だから、検事さんには悪いけど、隠密捜査を始めたんです」

「それはいいとして……いろいろの事実を総合したというけど、具体的に言うと、どういうこと？」

「例えば、検事さんのブローチを盗んだやつがいるのは事実ですが、泥棒が入ったとか、ドアの鍵が壊されていたとか、窓の施錠がどうにかなっていたとか、そんなことは一度もなかったわけでしょう。つまり、風のようにすーっと公務員住宅五〇三号室へ忍びこんで、ブローチを盗み、また風のように逃げ去った。怪盗ルパンじゃあるまいし、もし、そういうやつがいたとすれば、そいつは検事さんのバッグから五〇三号室のキーを盗み出し、コピーをとったからに違いない。そんなことができる人物は誰か。身びいきなしに、客観的な視点から考えてみると、真っ先に坂上正昭が捜査線上に浮かんできたわけです。これに思い至るとあとはイモづる式にいろんなことがわかってきたんです。坂上なら、例の匿名の投書とか三宅裁判官のホルマリン漬けの耳とか、そういうのを検事さんあてに送りつけるのは簡単です。自分でポストへ投函したり、小包は郵送すればいいんですから……」

「つまり灯台下暗《とうだいもとくら》しというわけやね」

　風巻やよいは、自分の愚かさに腹が立ったが、後悔先にたたずである。

「検事さん。そんなに悲観しないでくださいよ。善良な人間は、自分の身近にいる人を疑ったりしないものです。とにかく、私としては、それに気づくと、あとは動機です。なぜ、坂上が検事さんあてにわざわざ匿名の投書やホルマリン漬けの耳なんか送りつけたりするのか。もちろん、嫌がらせには違いないんです。しかし、その嫌がらせにしてもですよ、匿名の投書の場合、相手が風巻検事さんなればこそ、それなりの効果があるってもんなんですから……」

「それ、どういう意味？」

「あの投書の内容は、検事さんが過去に被害者の寺島周二さんと親しい関係にあったにもかかわらず、その事件の公判を担当するのは、アンフェアじゃないかと……もし、風巻検事さんが、神経の図太い人だったなら、そんな投書を送りつけても、さほど効果はなく、嫌がらせにはならなかったでしょう。しかし、風巻検事さんは繊細な神経の持ち主で、何よりも良心的です。だとすると、あのような匿名の投書を受け取れば、嫌な思いをするに違いない。犯人はそう考えて、わざわざ匿名の投書を送ってよこしたわけです。そういう風巻検事さんのお人柄を知り得る立場にある人間が投書の差出人に違いない。となると、これはばっちり、検事さんの身近にいる人物がやったことではないか。そう考えたんです。わからないのは、三宅裁判官の耳なんですよ。なぜ、あんな残酷なことをやりやがったのか。しかもですよ、その耳をホルマリン漬けにして風巻検事さんのところへ送りつけてくるなんて、これは異常です。ただ、そこには一つの接点があることに気づきました」

「というと？」

「水上警部のチームが調べたところでは、青柳宗介に懲役十五年の有罪判決を下したのは、ほかならぬ三宅裁判官でした。しかも、その事件で論告求刑を行ったのが風巻検事さんです。ここらあたりに、三宅裁判官のホルマリン漬けの耳を風巻検事さんのところへ郵送してきた動機を探る手がかりが見つかったわけです」

「なるほどね。なかなかの名推理やわ」

「とんでもない。捜査官なら当たり前のことです。そんなわけで、あれやこれやの事実を総合してみると、坂上正昭が臭いということになったんです。そこで、やつの指紋を採取してみようと考えたんです。都合のいいことに、坂上は休暇をとったことがありますよね。その休暇中に、風巻検事さんが大阪へ出張され、水上警部とお会いになるというじゃないですか。つまり、この執務室は留守になるわけです。とは言っても、風巻検事さんの留守中に、ここへ忍びこむわけにはいかないので、本庁である京都地検へ出かけ、検事さんの直接の上司にあたる佐竹公判部長に面会を求め、事情を話したんです。その結果、了解がとれたもので、今度は宇治支部の事務長に頼んで、ここの執務室のドアのロックを開錠してもらいました。そして彼の立ち会いのもとに坂上正昭の私物を借用して帰ったんです。もちろん、佐竹公判部長にしろ、事務長にしろ、このことは一切口外しないと約束してくれました。本人である坂上正昭は言うに及ばず、風巻検事さんにも内緒にしておくと……その結果、坂上正昭が、この執務室に常備している湯呑なんかの私物から、彼の指紋を採取したわけです。その指紋がですよ、寺島さん宅の居間のガラス窓から検出された人差し指と中指の指紋とも一致しましたし、後日、風巻検事さんの部屋を捜索したさい、採取した換気口のカバーに残された人差し指の指紋ともぴったり一致したんです。こうなると、寺島さん宅に侵入した第三の人物が、検事さんのお住まいにも侵入し、キッチンの換気口のなかへ凶器の調理用ナイフを隠したのに違いないという結論が出たわけです」

「そんなことから、水上警部のチームと協力して、過去における青柳宗介の人間関係を洗いなおしたんやね？」

「おっしゃる通りです。青柳宗介には、息子や娘はいなかったことになっていましたが、断定はできません。そこで青柳画伯が生存中、彼と付き合いのあった画家たちの間を聞き込みにまわったんです。その結果、思いがけない情報に行き当たりました」

「坂上正昭が青柳宗介の実の息子だったことがわかったわけ？」

「結局は、その通りですが、経緯は、こういうことでした。生前の青柳宗介の親友だったとかいう画家が言うには、彼と一緒に酒を飲んだとき、ひどく酔っ払って、くだをまいたらしいんです。あとになって思い起こしてみると、学生時代に画商の娘といい仲になり、妊娠させたとか、生まれた息子は、いまでも、その母親と一緒に暮らしているとか、ろれつのまわらない言いまわしで、いろいろのことを口走ったそうです。いまでも、その息子を愛《いと》おしく思っており、ときどきアトリエへ遊びにくるってことも聞かされています。そういえば、思い当たるふしがあると、その画家はピンときたそうです。大阪堂島《どうじま》の目抜き通りに立派な画廊があったりして、かなり知られている画商だったんです。そこで、さらに念入りに捜査したところ、その画商の実質的経営者は坂上美穂子といい、坂上家の養子で夫でもある慎平との間に、何人かの子が生まれてはいるが、長男と称しているのが、実のところ坂上正昭で、ほんとの父親は青柳宗介だってこともわかってきました。それればかりか、坂上正昭は、大阪法務局に勤務しているときから、検察事務官になるのが夢だとかで、上司にも機会あるごとに頼みこんでいたそうです。そうこうするうちに、今回、宇治支部長である風巻検事さんの執務室に空席ができたと知り、これ幸いと大阪法務局長に転属を働きかけたんです。臨時の空席を埋めあわせするだけですから、法務当局としても気軽に坂上正昭の希望を入れてやり、検察事務官の辞令を出して、風巻検事さんのオフィスに勤務させることにしたというわけです」

「なるほどね。そんなこととは露知らず、私は坂上正昭を全面的に信頼していたんやから、彼にしてみれば、さぞかし痛快だったでしょうね。例えば、私が例の匿名の投書のことで本庁へ出向き、上司の佐竹公判部長に『今度の事件から下ろしてほしい』なんて言ってはみたものの、あっさりと無視されてしまったり、三宅裁判官のホルマリン漬けの耳が郵送されてきたときなんか、私が薄気味悪い思いをさせられたりしているのをそばで見ていて、『いい気味だ』なんて、坂上は腹の底で笑っていたんやろうね」

風巻やよいは、憤懣《ふんまん》やるかたない思いがした。

5

石橋警部補は、メモから顔をあげると、

「検事さん。それじゃ、三宅裁判官の左の耳を切り落としたり、殺害したときの状況は、どうだったのか。坂上正昭自身の自白の要点をお話ししておきます。まず三宅裁判官を葦の生えた淀川の河川敷へ連れこんだときのことですが、彼女が電車を降りるのを駅で待ちかまえていて、言葉巧みに車に誘いこんでいます」

「ちょっと待ってよ。見知らぬ若者に声をかけられたのに、簡単に応じたのかしら?」

「いいえ。犯行の日は、二度目だったんです」

「二度目? すると、その前にも三宅裁判官に声をかけたん?」

「そうです。やはり、私鉄を降り、駅から出るところをさりげなく声をかけているんです。そのときの台詞《せりふ》は、こんなふうでした。『裁判官の三宅さんでしょう？　ぼくは、司法試験の勉強をしていまして、将来は裁判官になりたいと思っています。実を言うと、三宅さんの法廷を傍聴したことがあるんです。立派な裁判官だから、機会があれば、法廷を傍聴してみなさいとゼミの先生にアドバイスされまして……』と言ってね。これには、さすがの三宅裁判官も、ぐっときたらしくて『まあほんと？　それじゃ、ときおり傍聴にくるといいわ』なんて上機嫌だったそうです。初めて出会ったときは、その程度にとどめ、二回目のときに、『会ってもらいたい人がいるんですけど……』と誘いをかけたんです」

「いかにも思わせぶりな誘い方やね？」

「そうなんです。やつは、こう言ってます。『会ってもらいたい人というのは、ぼくの母親なんです。長年、病気で寝たきりなんですが、将来、ぼくが裁判官になるのを楽しみにしているんです。だけど、いつまでたっても司去試験に合格しないので、母がすっかり落ちこみ、病状がだんだん悪化するばかりなんです。ぼくとしても、そんな母を見るのが辛くて……ですから、三宅さんから母に、こう言っていただくと、母も安心すると思うんです。〈息子さんは、きっと合格します。私が保証しますから大丈夫です〉……そんなふうに母を慰めてやってほしいんです。お手間はとらせません。ぼくたちの家は、ついそこなんです。車でほんの五分くらいですから……ぜひお願いしますよ』と、やつはしきりに頭を下げて懇願したんです。これには三宅裁判官も、ほろりとさせられ、騙されているとも知らずに坂上のマイカーに乗ったんです。車は淀川沿いに走っていましたが、しばらく行くと、坂上が急に車を停め、態度をがらりと変えて、隠し持っていた拳銃を三宅裁判官に突きつけながら、無理やり車から降ろしています。そして拳銃で脅しあげ、葦の生い茂った河川敷へ拉致しているんです。もう、そのときには、とっぷりと日が暮れ、あたりには人影もなく、遠くの淀川ぞいの道路には行き交う車のライトが洪水のようにあふれているだけで、助けを呼ぶすべもなかったでしょう」

「その拳銃だけど、私を脅したのと同じものかしら？」

「同一の拳銃です。入手経路もわかっています。坂上の高校時代の友達のなかに暴力団関係者がいましてね。そいつに頼んで、ブローニング拳銃一丁と実砲十発とを五万円で譲り受けたんですよ。これまで、ただの一発も撃ってはいませんが、やつはその拳銃をフルに活用して、三宅裁判官や風巻検事さんを脅しているんです。ほかにも拳銃を使って何か悪いことをした可能性もあるので、目下、追及しているところです。拳銃をやつに世話した暴力団関係者も、すでに逮捕しており、入手経路についても徹底的に捜査している最中でしてね」

「鼻もちならない悪党やわね。そんなことも知らずに、法務事務官に採用したこと自体、問題やわ。多分、巧妙に立ちまわり、隠し通していたんでしょうけど……ところで、発見された三宅裁判官の死体を司法解剖に付した結果によると、まず左の耳を切ったあと、喉を刺して殺害するまで、数時間経過している可能性もあるとなっていたわね。その点については、どうなんやろう？」

「坂上の供述によると、こういうことなんですよ。やつはサバイバルナイフを三宅裁判官に突きつけながら『おれの親父が首を吊って死んだのは、お前のせいだ！　親父が無実だと言ってるのに聞く耳持たなかったから、あんなことになっちまったんだぜ。要するにお前には耳なんかいらねえんだ。だから、こうしてやるのさ……どうだ？　痛くも何ともなかったろう？……ほら、見ろよ！　こいつがお前の高慢ちきな耳だ。食ってみなよ、うめえぜ。何なら、おれが食わせてやるからさ』なんて言いながら、やつは血のしたたる耳を無理やり三宅裁判官の口の中へねじこんだりしているんです。そして、サバイバルナイフを彼女に突きつけながら、三時間に及んで、じわじわと苛め抜き、最後に、ぐさりと喉を突いてトドメを刺したというんです」

「何という酷《むご》いことを……」

風巻やよいは、背筋が寒くなってきた。

「まったくですよ。三宅裁判官にしてみれば、そりゃもう生き地獄のような三時間だったでしょう。それから、もう一つ、『スケール・オブ・ジャスティス』のイヤリングのことですが……三宅裁判官は、事件当日、そのイヤリングをバッグの中に入れたままにしていたんです。いつも、あんなのを耳につけていたわけじゃありませんから……しかし、坂上が彼女を葦の茂みに連れこんだとき、バッグに何が入っているのか、おもしろ半分に物色しているうちに、あの『スケール・オブ・ジャスティス』のイヤリングを見つけたってわけですよ。それが何であるか、坂上は知っていました。やつは法務局に勤めていたんですから……とにかく、三宅裁判官の耳を切り落とす前に、『スケール・オブ・ジャスティス』のイヤリングを左の耳にわざわざつけてやってるんですよ。つまり、あれをつけてから耳を切り落としたってわけです。そいつを彼女の口の中へ無理やりねじこみやがったんですから、いやはや何というか、常軌を逸した残酷きわまるやりくちというよりほかありません。さらに、もう片方の『スケール・オブ・ジャスティス』のイヤリングを、今度は彼女の右の耳につけてやり、ついでに、こっちのほうも切り落としてやろうかなんて、さんざん脅しあげてから、グイッと一突き、刺し殺したってわけです。まったく情け知らずの復讐鬼というよりほかありません」

「ほんとよね。話を聞いているだけでも身震いするわ。ところで、殺害後、三宅裁判官のバッグや凶器のサバイバルナイフは、どうしたんやろう？」

「現場からずっと下流に捨てたと言っていますので、目下、捜索チームを繰り出し、探しているところです。見つかるかどうかはわかりませんが、やるだけのことはやらないと……」

「当然よね。見つからなければ、それまでのことなんやけど、懸命に捜索したってことは、記録上残しておかなければならへんわ。そうでないと、坂上正昭を起訴した場合、裁判官を説得するのがむずかしくなるから……」

「わかりました。心得ておきます」

　石橋警部補は答え、ちらっと腕時計に視線を落として、

「もう、そろそろくるはずだが、どうしたのかな」

と、つぶやきながら首をかしげる。

「誰かを待ってるの？　石橋さん」

「そうなんです。そろそろ届いてもいいはずなんだけど……何しろ、宇治からこ

こまで運んでくるとなると、抹茶アイスが溶けてしまいますので、かわりに抹茶プリンにしてくれと注文しておいたんです。白蜜やあんこ、キウイやイチゴ、バナナなんかのフルーツは、いつも通りですから安心して召しあがってください。私は、やっぱり豆カンということに……」

「まあ。チョコあんみつデラックスの出前を注文してくれたん？……ありがとう。退院したら、真っ先に食べようなんて、夢にも見たくらいなんよ。さすが石橋さんやわね。私、本気で惚《ほ》れてしもうたわ」

惚れたというのは、もちろん冗談だが、彼女にしてみれば、石橋警部補の温かい心遣いがうれしくてならなかった。

それから間もなく、病室をノックする音がして、宇治の甘党専門店の「阿月」から、出前が届けられた。

石橋警部補が「阿月」の店主に事情を話し、特別に出前をしてもらったのである。

とにかく、彼女は、このときほど、チョコあんみつデラックスがおいしいと思ったことはなかった。

解説——魅力あふれるキャラクター

小《お》椰《なぎ》治《はる》宣《のぶ》

和久峻三氏の小説の面白さは、まず何といっても、法廷場面の緊迫感が読み手にヒシヒシと伝わってくるところであろう。被告、弁護士、検事、裁判官たちの様子が、クローズアップされて我々の前に披瀝《ひれき》される。読者は、あたかも、裁判所の傍聴席に座っているかのような臨場感を味わうことができるはずだ。弁護士と検事の闘いに我々は思わず身を乗り出し、手に汗を握ってその成り行きを見守ることになる。

本書『女検事の涙は乾く』が、二冊目となる「あんみつ検事の捜査ファイル」シリーズも、難事件をめぐる法廷での検察側と弁護側の激しい闘いが読み所の一つでもある。だが、やはり、法廷場面をリアリティのあるものにして、読者をそこに釘《くぎ》付けにする最大の役割を担うのは、魅力あふれるキャラクターにほかならない。

いくらディテールのしっかりした舞台をしつらえても、登場人物たちが生き生きと描き出されていなければ、真のリアリティは生まれてはこない。その点、和久峻三氏がこれまでに世に送り出してきたキャラクターは、赤かぶ検事・柊茂《ひいらぎしげる》を筆頭に、行天燎子《ぎょうてんりょうこ》警部補、けん玉判事補・柊正雄《ひいらぎまさお》、老弁護士・猪狩文助《いかりぶんすけ》、美人探偵・朝岡彩子《あさおかあやこ》、芸者弁護士・藤波清香《ふじなみきよか》、イソ弁・日下文雄《くさかふみお》、熱血弁護士・花《はな》吹省吾《ぶきしょうご》、翔《と》んでる弁護士カップル・魁《さきがけ》夫妻など、実に多彩で、しかも存在感溢《あふ》れる人物ばかりだ。

本書に登場するあんみつ検事こと風巻《かざまき》やよいも、和久峻三ワールドのそうした先輩たちに負けず劣らず、実に魅力的なヒロインである。大阪地方検察庁から京都地方検察庁宇治《うじ》支部の支部長として転任してきたという設定になっている。

赤かぶ検事の女性版らしく、柊茂が名古屋弁なのに対して、風巻やよいは、京都育ちなので、くつろいだときには京都弁が飛び出す。だが、法廷のような公式の場ではあくまでも標準語を使う。標準語を駆使して法廷で相手を論破するときのやよいと、気心の知れた仲間内で事件を推理するときに京都弁を口にする彼女——との話しぶりの対比が、彼女の魅力を引き立たせる上で、大きな効果を挙げていると言えるのではなかろうか。

というのも、本シリーズでは、風巻やよい自身に関する情報が極めて少ないからである。試しに彼女の年齢や容姿について書いてあるところを本書から探してみてほしい。ほとんどないはずだ。それに対して、彼女の周囲の人物、例えばやよいの片腕ともいえる石橋大輔《いしばしだいすけ》警部補や法廷でのライバル青山まどか弁護士については、比較的詳しく書き込まれている。

ところが、読み進めるうちに、我々の頭の中には、この二人の存在以上に、「風巻やよい」の存在が明確な姿を刻み込んでしまっているのである。「和久マジック」とでも呼びたくなるような鮮やかな手際である。

本書を読んでいると、作者自身がキャラクターそのものについて詳しく書くよりも、キャラクター自身に語らせる方が、読者のイメージを膨らませる上では効果的であることを、改めて思い知らされる。作者自身の筆が、その人物がいかに美男、美女であるか、あるいは、彼（彼女）がこれまでにいかに苦労したかを、延々と書き連ねても決して魅力あるキャラクターにはならないということなのだ。

とはいえ、こうした芸当は並の作家にできることではない。余程の筆力がなければ、簡潔な描写でリアリティを出すことは難しい。どうしても筆力が不足する分、くどい描写や過剰《かじょう》な情報で補おうとするのだ。和久峻三作品と他の冗長な作品を読み比べてみれば、私の言うことは自ずと分かってもらえるはずである。

さて、本書では、どんな事件が風巻やよいを待ち受けているのであろうか。本書の内容を追いながら、和久作品の魅力にさらに迫ってみよう。

前作『夢の浮橋殺人事件』では、宇治橋の河原で首を切断された男の死体とその傍らに出刃包丁を持ってぼんやりと立ち尽くす若い女が発見されたというショッキングな導入部から物語が始まっていた。本書もまた、導入部はかなりショッキングである。風巻やよいのもとに、瓶詰にされた奇怪な物体が送られてきた。よくみると、それは、金の天秤型のイヤリングを付けた左の耳であった。いったい誰の耳なのか。その持ち主はすでに死んでしまっているのだろうか。それにしても、なぜ、こんなものが彼女のもとへ送られてきたのか、犯人の狙《ねら》いは……。

こうしたショッキングな導入部で読者を一気に作中に引き込んでしまうというのも、和久作品の特徴の一つである。赤かぶ検事シリーズの『夜泣峠　雪女の柩』（光文社文庫）でも、夜泣峠で雪女に襲われて一人が死亡し、さらに八日後に一人が意識不明になるという不可解な事件から物語は始まる。

さて、話を本書に戻すと、ホルマリン漬けの瓶詰の耳が送り付けられてくる二週間前に、やよいは、彼女のかつての恋人・寺島周二が殺害された事件の担当検事を引き受けさせられることになった。被告は弁護士だった寺島の依頼で調査活動をしていた栗山昌雄、弁護人は、やよいとは極めて相性が悪い青山まどかである。

この検察官・やよいと弁護人・まどかとの口角泡飛ばす勢いで繰り広げられる舌戦がまた本書の読み所でもある。本書に限らず、和久作品では悪役・敵役の使い方が実に効果的なのである。『夢の浮橋殺人事件』では内海哲史《うつみてつじ》弁護士がその役割を演じていた。主人公に対立する敵役が憎々しげで強力であればあるほど、主人公は生きてくるというものだ。最近では敵役不在の小説が多いが、敵役こそエンターテインメントを陰で支える重要な要素なのである。それは、和久氏の、『逃亡弁護士シリーズ』（中公文庫）を読めば、即座に理解できるはずである。

寺島殺害事件の公判が進むにつれて、事態はやよいにとっては、思わぬ方向に進んでいく。青天《せいてん》の霹靂《へきれき》といってもいい。殺害現場に、彼女が四年前に寺島からプレゼントされたブローチが落ちていたというのだ。青山まどか弁護士の猛烈な攻撃が始まる。

一方、大阪地方裁判所の女性裁判官が三か月前から失踪《しっそう》していたことが、石橋警部補の調べで分かった。彼女の愛用していたイヤリングが「正義の天秤《スケール・オブ・ジャスティス》」を象《かたど》ったものだったらしい。とすると、例の送られてきた瓶詰の左耳は……。だが、やよいとその女性裁判官との接点はほとんどないのだ。

女性裁判官失踪事件と寺島弁護士殺害事件とは果たして関係があるのか。そんな中、風巻やよいを寺島殺害の犯人とするための罠《わな》が徐々に彼女を締め付けてきていた。

やよいは事件を無事解決して、甘味処「阿月《あづき》」の「チョコあんみつデラックス」に舌鼓を打つことができるのか……。

公判の中では、青山まどか弁護士と石橋警部補とが、被告の逮捕をめぐって、それが「現行犯逮捕」か「緊急逮捕」かで争う場面も出てくるが、このあたりも和久作品ならではの読み所の一つであろう。

和久峻三氏の小説が面白いのは、すでに述べたように、キャラクターの魅力、法廷場面の緊迫感、冒頭から読者を引き込む起伏のあるストーリー、テンポのある展開にあることは言うまでもない。だが、それに加えて、やはり、作者自身が「読者の視点」で書いているからこそ面白い小説になり得るのではなかろうか。

面白い小説を読みたいが、なかなか見つからないので、それならばいっそのこと自分で書いてしまおう。和久峻三作品からは、常にそんな作者の意気込みが感じられるのである。その意気込みこそが、『仮面法廷』（一九七二）で江戸川乱歩賞を受賞して以後、四半世紀以上にわたって、常に新鮮で面白い作品を生み出し続けてきた原動力となっているのではないだろうか。あんみつ検事の今後の活躍が今から楽しみである。

（おなぎ・はるのぶ　日本大学教授、文芸評論家）

※この解説は、一九九九年七月、文庫刊行時に書かれたものです。

本書は一九九九年七月、集英社文庫として刊行されたものを改訂しました。

和久峻三の本

あんみつ検事の捜査ファイル
夢の浮橋殺人事件

京都、宇治川で首を切断された男性の遺体が見つかった……。源氏物語ゆかりの地で起きた連続殺人事件に、あんみつ大好きな美人検事・風巻やよいが敢然と挑戦するシリーズ第一弾。

集英社文庫

集英社文庫

あんみつ検事《けんじ》の捜査《そうさ》ファイル　女検事《おんなけんじ》の涙《なみだ》は乾《かわ》く

1999年7月25日　第1刷　　　定価はカバーに表示してあります。
2016年5月25日　改訂新版　第1刷

著　者　和久峻三《わくしゅんぞう》
発行者　村田登志江
発行所　株式会社　集英社
東京都千代田区一ツ橋2-5-10　〒101-8050
電話　【編集部】03-3230-6095
【読者係】03-3230-6080
【販売部】03-3230-6393（書店専用）

印　刷　大日本印刷株式会社
製　本　大日本印刷株式会社

フォーマットデザイン　アリヤマデザインストア　　　マークデザイン　居山浩二

ISBN978-4-08-745446-8 C0193